Eva Eich

ESCAPE ROOM
ADVENTSKALENDER
DIE LEBKUCHENSPUR

Bitte öffnen!
Öffne diese Seite, um zur Anleitung zu gelangen.

STOPP!!!

Bevor du diesen Adventskalender öffnest, solltest du wissen, auf was du dich einlässt …

Jeden Tag kannst du Cosmo und seinen Freunden bei ihrem spannenden Abenteuer zur Seite stehen. Aber diese Geschichte ist kein normales Buch, bei dem du eine Seite nach der anderen aufblätterst. Nur wenn du es schaffst, das aktuelle Rätsel zu lösen, erfährst du, an welcher Stelle im Buch du am nächsten Tag weiterlesen darfst. Bei jeder Frage bekommst du verschiedene Antwortmöglichkeiten. Und hinter jeder dieser Möglichkeiten siehst du einen kleinen Bildausschnitt. Nur einer der Bildausschnitte ist auch tatsächlich im Buch zu finden, und zwar der Ausschnitt hinter der richtigen Antwort. Wenn du dich also für eine Antwort entschieden hast, sieh nach, ob und wo du den passenden Ausschnitt entdecken kannst. Wenn du ihn findest, hast du das Rätsel richtig gelöst und darfst am nächsten Tag auf dieser Seite weiterlesen. Wenn du ihn nicht findest, solltest du dir die Frage noch mal genau anschauen. So kannst du nicht aus Versehen eine falsche Seite aufschneiden. Also keine Sorge, falls du mal nicht direkt auf die Lösung kommst! Mit scharfem Entdeckerblick bleibst du trotzdem auf der richtigen Spur …

Finde die richtige Antwort – entdecke den Bildausschnitt – öffne die Seite dahinter!
Nur so kannst du das Geheimnis der Lebkuchenspur lösen.

DAS HIER IST …

1. EIN REISEFÜHRER
2. EIN TELEFONBUCH
3. EIN ESCAPE-ROOM-ADVENTSKALENDER

1

2

3

Seite zum Auftrennen

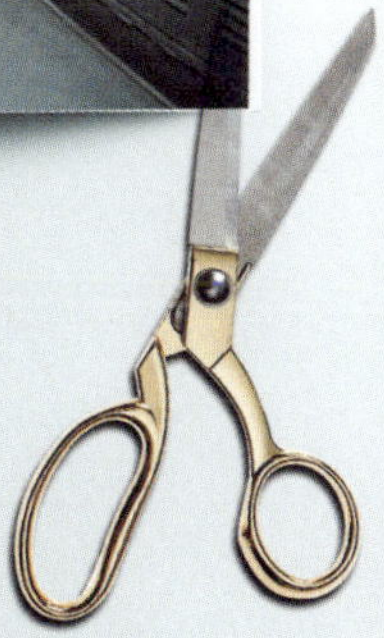

Beginne hier mit der Geschichte
und trenne diese Seite auf.

Die Nachtluft war eisig. Der Mond warf ein unwirkliches Licht auf den großen, dunklen Schatten hinter dem schmiedeeisernen Zaun. Cosmo stand bibbernd vor dem unheimlichsten Haus der ganzen Straße: der Hexenvilla.

Er fragte sich, ob er von allen guten Geistern verlassen war. Was machte er um diese Zeit bloß hier? Mit der schlaksigen Figur, seiner runden Nickelbrille, dem braunen Lockenkopf und seinem roten Schal sah er nicht gerade aus wie ein Held. Und wenn man kein Held war, sollte man sich um diese Zeit nicht vor gruseligen alten Häusern herumtreiben, da war sich Cosmo sicher. Außerdem trug er wie immer nur seine Stoffturnschuhe und der matschige Schnee auf den Straßen hatte die Chucks bereits durchgeweicht.

Das Gebäude ragte vor ihm auf wie ein dunkler, zahnloser Schlund. Die meisten der Fenster waren nicht viel mehr als schwarze Löcher. Nur hinter einem flackerte ein wenig Licht durch den Vorhang.

Es hieß, dass ein böser alter Mann in der Hexenvilla wohnen würde. Genau wusste Cosmo es aber nicht. Er machte immer einen möglichst großen Bogen um das unheimliche Haus, wenn er auf dem Schulweg daran vorbei musste.
Ein klägliches Jaulen riss Cosmo aus seiner Starre. „Alles gut, Mister Copperfield“, sagte er und tätschelte seinem Hund beruhigend den Kopf. Das kleine grauhaarige Wuschelbündel stupste ihn mit der Schnauze ans Bein.

„Ich weiß, ich weiß ... du bekommst gleich deine Leckerlis. Du bist wirklich der verfressenste Hund, den ich kenne“, flüsterte Cosmo.

„Zuerst muss ich aber noch etwas erledigen." Er schaute zu dem großen Baum hinter dem Eingangstor.

Einen Tag zuvor hatte Cosmo eine mysteriöse E-Mail bekommen, mit unbekanntem Absender. Darin hatte ihn der „Magische Zirkel“ eingeladen, an seinem 13. Geburtstag Teil ihrer Vereinigung zu werden. Das bedeutete in wenigen Tagen, denn Cosmo hatte genau an Heiligabend Geburtstag, worüber er sich jedes Jahr aufs Neue ärgerte. Doch dieses Mal könnte es das beste Weihnachtsfest aller Zeiten werden. Dafür musste er laut E-Mail nur um Mitternacht das Siegel des Zirkels finden. Dieses Siegel sollte sich auf dem Grundstück der Hexenvilla verstecken, genau in dem Astloch der großen Eiche direkt hinter dem Eingangstor.

Seit Cosmo vor drei Jahren im Zirkus einen Zauberer gesehen hatte, war er Feuer und Flamme für die Zauberkunst. Er hatte sich unzählige Tricks im Internet angeschaut und sich einige selbst beigebracht. Er liebte die Illusionen, die andere zum Staunen brachten. In den „Magischen Zirkel“ aufgenommen zu werden, bedeutete, in die richtig großen Tricks eingeweiht zu werden. Das wünschte er sich wie nichts anderes auf der Welt.

Deswegen hatte er all seinen Mut zusammengenommen, hatte sich nachts aus dem Haus geschlichen und stand jetzt hier vor dem Eingangstor der Hexenvilla. Er streckte seinen Arm, so weit er konnte, durch das rostige Gitter. „Mist!“, fluchte er leise, als er die rotbraunen Flecken sah, die die Stäbe am Ärmel seines Shirts hinterließen. Seine Mutter würde ihn umbringen. Er tastete vorsichtig in dem dunklen Loch im Baumstamm herum. Er konnte etwas Klebriges und Glibberiges fühlen. Etwas, das sich bewegte! Doch dann hatte er einen Zettel ertastet und zog ihn mit zwei fetten, braunen Nacktschnecken darauf heraus.

Gerade als er den Brief lesen wollte, bewegte sich etwas an dem einzigen hellen Fenster der Villa. Er erstarrte.

Der Vorhang wurde zur Seite geschoben und ein schwarzer Schatten war zu erkennen. Trotz der Dunkelheit hätte Cosmo schwören können, dass die Gestalt ihm genau in die Augen sah.

„Nichts wie weg! Komm, Copperfield!“ Er riss die Hand panisch aus dem Zaun, rannte, so schnell er konnte, nach Hause und sah sich erst dort den Zettel an, den er gefunden hatte.

WELCHE BOTSCHAFT VERSTECKT SICH HIER?

1. **Eine Beleidigung**
2. **Eine Einladung**
3. **Ein Hilferuf**

1

2

3

DAS RÄTSEL FINDEST DU AUF DER NÄCHSTEN SEITE →

Welche Botschaft versteckt sich hier?

ICH BIN DIR IMMER EINEN SCHRITT VORAUS, AUCH IM ALPHABET!

EV CJTU FJO MPTFS

ABCDEFGHIJKLMNOPQRSTUVWXYZ

TIPP: Er ist im Alphabet immer einen Schritt weiter – um die Nachricht zu entschlüsseln, musst du also immer einen Schritt zurückgehen.

„Seht mal, diese Symbole auf der Kiste! Sie passen genau zu den Formen auf dem Eingabepad, also dieses gespiegelte L sind die beiden Striche, die die 1 umgeben“, erkannte Meyra. „Hä? Ich versteh nur Bananenbrot“, sagte Tom, aber Meyra hatte bereits 186 auf dem Eingabefeld getippt und ein kurzes Piep-Geräusch bestätigte den Code.

Sie hob den Deckel der Truhe an und spähte hinein. „Was soll das denn sein?“, fragte sie. Cosmo trat heran. Im Inneren der Kiste lagen mehrere Bücher mit dicken Lederrücken, offensichtlich Fotoalben, und jede Menge alte Zeitungen.

Cosmo zog eine der Zeitungen heraus. „Der Beeindruckende Belmondo bringt den Zauber zurück“, las er die Überschrift vor. „Bei seinem gestrigen Auftritt hat der Magier wieder alle begeistert. Zusammen mit seinem Assistenten, Meister Mordo, führte er das Publikum in eine magische Welt, in der die Naturgesetze außer Kraft gesetzt wurden. Ab und an scheint es gar, als ob er die Gedanken der Zuschauer lesen könnte. Was ist an diesem Magier bloß anders als an anderen? Auf diese Frage antwortete der Beeindruckende Belmondo: ‚Es gibt mehr zwischen Himmel und Erde, als wir uns vorstellen können.‘ Vielleicht sind es ja nicht alles nur Tricks, wer weiß ...!“ Cosmo machte eine kurze Pause und rief dann: „Ich sag´s euch, wenn einer wirklich zaubern konnte, dann er!“

Tom setzte zu einer spöttischen Antwort an, doch er kam nicht weit.

„Das ist schon lange her. Aber es ist schön, dass es Menschen gibt, die meine Kunst noch zu schätzen wissen. Auch wenn es ziemlich neugierige Menschen sind ...“ Die drei drehten sich ruckartig um. Hinter ihnen stand der alte Mann im Frack. Als ob er einfach aus dem Nichts aufgetaucht wäre. Auf einem Tablett balancierte er drei dampfende Tassen.

Cosmo merkte, wie seine Wangen heiß wurden. Meyra dagegen ergriff die Flucht nach vorne.

„Haben Sie unser Lebkuchenhaus gestohlen?“ Sie hielt dem scharfen Blick des Zauberers stand.

„Ich weiß nichts von einem Lebkuchenhaus, junge Dame. Ich bin nur ein alter Mann, der ein bisschen mit Magie umgehen kann.“ Er stellte das Tablett ab, schnipste mit den Fingern und hielt plötzlich einen Teller mit Plätzchen in der Hand.

Toms Augen wurden fast so groß wie der Plätzchenteller. „Das gibt´s ja nicht ...“, murmelte er und steckte sich eine Zimtwaffel in den Mund. „Hey, Zottelzauberer, bei dem Typen hier funktionieren die Tricks wenigstens, anders als bei dir!“

Belmondo musterte Cosmo. „Bist du etwa auch ein Magier? Und wie heißt du überhaupt?“, fragte er dann mit tiefer Stimme.

„Ich ... also, ich heiße Cosmo und ich ... ich übe noch!“, brachte er schließlich heraus.
„So, so“, murmelte Belmondo und seine Augen funkelten geheimnisvoll.

„Wie wäre es, wenn ich dir ein paar meiner Tricks beibringe?“ Cosmo konnte sein Glück kaum fassen. „Das ... das wäre mir eine Ehre!“, stammelte er.

„Nicht so schnell!“ Jetzt klang der Magier wieder strenger. „Erst musst du mir beweisen, dass du es würdig bist, mein Schüler zu werden!“

Er gab Cosmo einen kleinen Beutel aus schwarzem Samt. „Löse dieses Rätsel bis morgen Abend. Wenn du es schaffst, werde ich dich in einige meiner Geheimnisse einweihen, aber wenn nicht, dann werden du und deine Freunde dieses Haus nie wieder betreten. Und jetzt geht! Ich bin müde.“

Und mit diesen Worten schob er die drei zur Haustür. „Aber der Kakao!“, protestierte Tom, doch da war die schwere Eingangstür bereits vor seiner Nase ins Schloss gefallen. Ratlos starrten sie sich an.

„Der Typ hat irgendetwas zu verbergen“, murmelte Meyra. „Wir müssen ihm auf den Fersen bleiben. Und das geht am besten, wenn du sein seltsames Rätsel löst, Cosmo!“

Cosmo öffnete den Beutel und spähte hinein. Es schienen mehrere Bruchstücke eines Holzstabs zu sein und jemand hatte dort Buchstaben eingeritzt.

WELCHE BOTSCHAFT VERSTECKT SICH HIER?

1. **Eine Pflanze**
2. **Etwas zu Essen**
3. **Etwas, das man nicht anfassen kann**

1 2 3

DAS RÄTSEL FINDEST DU AUF DER NÄCHSTEN SEITE →

Welche Botschaft versteckt sich hier?

TIPP: Bringe die Teile in die richtige Reihenfolge, damit die fehlenden Anfangsbuchstaben dir die Lösung zeigen!

„Sollst du jetzt etwa shoppen gehen?", fragte Tom grinsend. „Quatsch!", meinte Cosmo. „Sieh doch mal, da fehlen lauter Buchstaben! Ich glaube nicht, dass das ein Zufall ist. Belmondo wollte mir etwas mitteilen. Nur was?" Sie ergänzten alle fehlenden Buchstaben und notierten sie nacheinander: RETTE MICH! SCHREIBTISCH.

„Ich soll ihn retten?" Cosmo hatte plötzlich ein flaues Gefühl in der Magengrube. Wo waren sie da bloß hineingeraten? „Ja, genau! Wieso solltest du ihm helfen? Schließlich hat er unseren Hauptpreis geklaut!", entrüstete sich Tom. „Ich glaube, ganz so einfach ist die Sache nicht", erklärte Meyra. „Wenn Belmondo es wirklich nur auf das Lebkuchenhaus abgesehen hätte, dann hätte er doch Cosmo nicht aufgefordert, noch einmal wiederzukommen. Außerdem ist noch eine andere Person im Spiel, dieser seltsame ‚Freund', der uns den Tipp mit dem Schuppen geschickt hat."

„Auf jeden Fall rennt uns die Zeit davon, wir haben nur noch zwei Tage bis zur Tombola", stellte Cosmo fest. „Also lasst uns diesen Schreibtisch suchen, von dem in der geheimen Nachricht die Rede war."

Tom zuckte mit den Schultern, folgte dann aber Meyra, die bereits auf die Eingangshalle zusteuerte. „Also hier unten habe ich keinen Schreibtisch gesehen", meinte sie. „Er muss irgendwo im ersten Stock stehen."

Mit vorsichtigen Schritten stiegen sie die breite Treppe nach oben. Der rote Samt auf den Stufen schluckte die Geräusche ihrer Schuhe. Am Ende der Treppe erwartete sie ein dunkler Flur und auf der linken Seite führte eine Tür in eine Art Arbeitszimmer.

Dieser Raum war vermutlich der normalste der gesamten Villa. Es gab Bücherregale, einen grünen Ledersessel und einen Schreibtisch aus dunklem Holz, der mit Ornamenten verziert war. Doch darauf lagen eine große Glaskugel, ein paar alte Bücher, ein Kerzenständer, eine Schatulle und ungewöhnliche Statuen.

„Das muss er sein!", rief Cosmo. Und alle drei machten sich sofort daran, das Möbelstück unter die Lupe zu nehmen. Es gab eine Schublade, die jedoch verschlossen war.

„Das war ja klar ...", murrte Tom. „Vielleicht ist der Schlüssel irgendwo hier im Raum", schlug Cosmo vor. „Belmondo hätte mich doch nicht hergeschickt, wenn der Schreibtisch nicht zu öffnen wäre."

Sie suchten das Zimmer von oben bis unten ab, doch ohne Erfolg. Da stach Cosmo ein greller Blitz in die Augen. „Was war das?", fragte er die anderen. „Mich hat irgendetwas geblendet!" Er lief zum Fenster und sah hinaus. Es hatte mittlerweile aufgehört zu schneien und die Wintersonne schob sich zwischen den Wolken hervor. Da sah Cosmo es wieder. Ein heller Lichtreflex, der aus den Büschen zu kommen schien. Und dann entdeckte er noch etwas: Hinter der Villa waren jetzt neben ihren noch weitere Fußspuren im Schnee zu sehen. Sie waren ziemlich groß und viel tiefer in den Schnee gedrückt als die Spuren, die sie selbst hinterlassen hatten. „Die stammen nicht von Belmondo, der hat nicht solche riesigen Füße!", sagte Cosmo. „Und außerdem war die Person auch eher schwer oder zumindest groß – so tief, wie die Abdrücke sind! Jemand war in der Villa, als wir angekommen sind, und hat sich dann verdrückt. Ich habe mich vorhin also doch nicht verhört! Und dieser Jemand beobachtet uns anscheinend mit einem Fernglas ..." Cosmo fühlte sich mit einem Mal sehr unwohl. Er nestelte nervös an seinem roten Wollschal herum. „Vielleicht unser ominöser ‚Freund' ...", sagte Meyra und zog mit einer entschiedenen Geste den Vorhang vor das Fenster.

„Wir sollten diesen blöden Schreibtisch aufbekommen, nachsehen, was drin ist, und uns dann so schnell wie möglich aus dem Staub machen", sagte sie.

„Guter Vorschlag!", stimmte Tom zu. „Nur wie?" Da hatte Cosmo plötzlich eine Idee.

WAS MACHT COSMO JETZT?

1. Er benutzt die Kristallkugel.
2. Er drückt auf das Schloss der Schublade.
3. Er nimmt etwas vom Schreibtisch.

1

2

3

DAS RÄTSEL FINDEST DU AUF DER NÄCHSTEN SEITE →

Was macht Cosmo jetzt? Schau genau!

TIPP: Die graue Statue ganz links sieht merkwürdig aus …

„Das gibt es doch nicht ...“, stammelte Cosmo und ließ beinahe das Tagebuch herunterfallen.

„Was ist denn los?“, fragte Tom. „Das ist mein Geburtstag“, sagte Cosmo leise. „Der 24. 12. 2009, der Tag, an dem Belmondos Enkel geboren wurde, das ist mein Geburtstag! Und dass sein Sohn Anwalt ist, genau wie mein Vater ... das kann kein Zufall sein.“ „Du meinst, der Alte ist dein Opa?“ Tom klang genauso überrascht, wie Cosmo sich fühlte.

„Scheint so“, antwortete er tonlos. „Aber das werde ich gleich genauer wissen. Ich muss mit meinem Vater reden. Sofort. Wäre es okay, wenn du hier so lange auf mich wartest?“

Cosmo hatte einen blöden Spruch erwartet, doch Tom nickte nur und sagte: „Kein Problem.“

Während er zum Schlafzimmer seiner Eltern ging, blickte Cosmo auf die Uhr: Es war bereits kurz vor Mitternacht. Doch diese Sache duldete keinen Aufschub. Außerdem zählte Meyra auf ihn. Die Wahrheit war vielleicht die einzige Möglichkeit, ihr zu helfen.

„Papa?“, flüsterte Cosmo. Sein Vater richtete sich schlaftrunken auf und fragte: „Cosmo? Was ist denn los?“ „Ich muss dich was fragen, Papa. Es ist wichtig.“

Es dauerte nur dreißig Sekunden, bis die beiden unten auf der Couch saßen. Cosmo erzählte seinem Vater, wie alles begonnen hatte. Wie sie das Lebkuchenhaus gesucht hatten, wie er Belmondo kennengelernt hatte und schließlich auch, was in dem Tagebuch stand. Nur, dass Meyra und Copperfield noch in Mordos Gewalt waren, ließ er aus. Denn er war sich sicher, dass sein Vater sich direkt an die Polizei wenden würde. Die Sache mit dem Spion würde er nicht glauben und damit vielleicht Meyras Sicherheit riskieren.

Die Augen seines Vaters veränderten sich während Cosmos Erzählung, von müden Schlitzen zu einem erst erstaunten, dann traurigen Blick. Schließlich seufzte er tief und sagte: „Du hast recht. Der Beeindruckende Belmondo ist dein Großvater. In Wahrheit heißt er übrigens Bertram, aber Magier legen sich eben gerne einen wohlklingenden Künstlernamen zu. Alles Scharlatane! Die Magie war ihm immer wichtiger als seine Frau und sein eigenes Kind. Das hat mich sehr verletzt. Ich wollte nicht, dass er mit dir vielleicht das Gleiche macht. Deswegen haben wir dir nie von deinem Opa erzählt. Es war einfacher, so zu tun, als sei er tot, statt zu akzeptieren, dass ich ihm völlig egal war.“

„Aber du bist ihm nicht egal!“, versuchte Cosmo zu erklären. „Er hat nur keinen Kontakt mit dir aufgenommen, um dich vor Meister Mordo zu schützen!“

Cosmos Vater sah nachdenklich auf seine Hände. Für eine ganze Minute lang herrschte Schweigen. Dann stand er auf. „Was tust du?", wollte Cosmo wissen.
„Ich habe einiges, über das ich nachdenken muss", meinte sein Vater und ließ Cosmo alleine zurück.
Da hörte Cosmo Tom leise von oben rufen: „Cosmo, komm schnell her!"
Die Dringlichkeit in Toms Stimme ließ ihn beinahe die Treppen hochfliegen.

„Du hast eine Nachricht von Meyra bekommen!", verkündete Tom und hielt Cosmo dessen Handy entgegen. „Mach sie auf! Vielleicht hat sie doch noch abhauen können!"

Mit zittrigen Fingern rief Cosmo die Nachricht ab:

Hallo Cosmo, hier ist Meister Mordo. Wenn du deine kleine Freundin und den Köter heil wiedersehen willst, dann bring mir bis morgen Abend die Gabe des Weihnachtsmannes. Deponiere sie im Astloch der großen Eiche beim Eingang der Hexenvilla. Und keine Polizei! Sonst wirst du das Mädchen und den Hund nicht wiedererkennen.

„Dieser gemeine Dreckskerl!", fluchte Tom. „Was machen wir denn jetzt? Gibst du ihm die Socke?"

„Selbst wenn ich ihm diese Macht aushändigen würde, jemand wie der hält sich nicht an Abmachungen. Wir müssen Meyra und Copperfield selbst befreien! Wenn wir nur wüssten, wo sie stecken!" Da erinnerte Cosmo sich an etwas, das sein Vater gesagt hatte: Zauberer benutzten gerne Künstlernamen. Vielleicht versteckte sich hinter Meister Mordo in Wahrheit jemand ganz anderer ...

WER VERSTECKT SICH HINTER DEM NAMEN „MEISTER MORDO"?

1. Der Schuldirektor
2. Der Bürgermeister
3. Toms Vater

1 2 3

DAS RÄTSEL FINDEST DU AUF DER NÄCHSTEN SEITE →

Wer versteckt sich hinter
dem Namen „Meister Mordo“?
TIPP: Bringe die Buchstaben in eine neue Reihenfolge!

„Du hast am Ärmel deiner Jacke rotbraune Flecken. Die gleichen habe ich mir gestern auch eingefangen, als ich durch das rostige Tor der Hexenvilla gegriffen habe."

Tom schaute auf seine Jacke, dann zu Cosmo. „Na und, wen kümmert´s?" Er hatte sich drohend vor Cosmo aufgebaut, doch da schob Meyra ihn sanft beiseite. „Eigentlich wollte ich zu dir, Cosmo", sagte sie, und Cosmo blieb beinahe das Herz stehen.

„Ich wollte nur noch mal nachfragen, ob dein Zauberauftritt bei der Weihnachtsfeier steht. Jetzt, wo der Hauptpreis verschwunden ist, darf uns nicht auch noch das Programm wegbrechen." Cosmo nickte. „Äh ... klar, mach ich."

Tom, der es offenbar gar nicht gut fand, nicht im Mittelpunkt zu stehen, stellte sich vor Cosmo und sagte höhnisch: „Und welche Nummer willst du uns präsentieren? Deine Tricks gehen doch immer alle schief. Echte Magier, wie dieser Hundini, können Dinge aus dem Nichts erscheinen lassen oder so!"

„Houdini", verbesserte Cosmo. „Und das ist zufällig genau das, was ich vorführen wollte!" Er bereute seine Aussage im gleichen Moment, denn diesen Trick beherrschte er überhaupt nicht. Doch es war zu spät.

„Toll! Das wird super!", freute Meyra sich, als die Glocke läutete und sie ins Klassenzimmer mussten.

„Wir zwei sind noch nicht fertig ...", knurrte Tom.

Während der Mathestunde sah Cosmo durch das Fenster, wie ein großer, schwarzer Mercedes auf dem Behindertenparkplatz direkt vor dem Schulgebäude anhielt. Er kannte den Wagen. Es war das Auto von Timor Dormsee, dem Bürgermeister der Stadt. Er beobachtete, wie der schwarzhaarige Mann in einem maßgeschneiderten Wollmantel ausstieg und zur Eingangstür schritt.

„Der hat bestimmt etwas mit dem Direktor zu besprechen", flüsterte Karl. „Vielleicht will er wissen, wie sein bescheuerter Neffe es geschafft hat, noch nicht sitzen zu bleiben", scherzte Cosmo, denn jeder wusste, dass der Bürgermeister Toms Onkel war.

In diesem Moment öffnete sich die Tür des Klassenraums und Direktor Lockner trat herein. Nur einen Schritt hinter ihm auch Dormsee.

„Liebe Schüler, entschuldigt bitte die Störung, aber unser lieber Herr Bürgermeister hat mir soeben mitgeteilt, dass er unserem Weihnachtsfest am Wochenende gerne als Schirmherr zur Seite stehen und ein paar Worte zur Begrüßung an die Gäste richten wird."

„Aber, aber, lieber Direktor! Das mache ich doch sehr gerne!" Timor Dormsee strich sich über seine schwarze Haartolle und zeigte lächelnd eine Reihe schneeweißer Zähne.

„Es liegt mir nichts mehr am Herzen als das Wohl der armen Kinder an Weihnachten!"

„Meyra, könntest du bitte mit Herrn Dormsee besprechen, wann wir mit dem Fest am besten starten sollen? Wir richten uns natürlich nach seinem Terminkalender ...", bat der Schulleiter.

„Das mache ich sehr gerne, Herr Direktor!", sagte Meyra, und Cosmo bewunderte, wie cool sie blieb, obwohl sie mit dem Direktor und dem Bürgermeister gleichzeitig sprach. „Wir haben allerdings ein kleines Problem", meinte sie dann. „Das Lebkuchenhaus, das Bäcker Schmidt als Hauptpreis für die Tombola gespendet hat, ist verschwunden."

„Verschwunden?", fragte der Direktor. „Wie kann das sein? Der Werkraum ist doch immer abgeschlossen. Die einzigen, die die Schlüssel dazu haben, sind du, Meyra, für die Tombola, der Hausmeister und Cosmo, weil er dort die Requisiten für seinen Zauberauftritt aufbewahren wollte."

Alle Augen in der Klasse wanderten zu Cosmo, dem plötzlich ziemlich heiß unter seinem Pullover wurde. „Ich war noch nicht dort", verteidigte er sich und fügte dann leiser hinzu. „Ich muss den Trick erst noch zu Hause üben."

Die anderen Schüler lachten, ließen es damit aber auf sich beruhen. Selten war Cosmo so froh gewesen, als vier Stunden später die Glocke das Ende des Schultags verkündete und er sich an den anderen vorbei nach Hause schleichen konnte.

Als er dort ankam, erwartete ihn schon die nächste Überraschung: Vor der Haustür lag ein blutroter Briefumschlag, auf dem sein Name stand.

Neugierig riss er ihn auf und fand eine seltsame Botschaft.

WO FÜHRT IHN DIE NACHRICHT HIN?

1 **Zu einem Haus** **2** **In den Park**

3 **Auf den Weihnachtsmarkt**

1

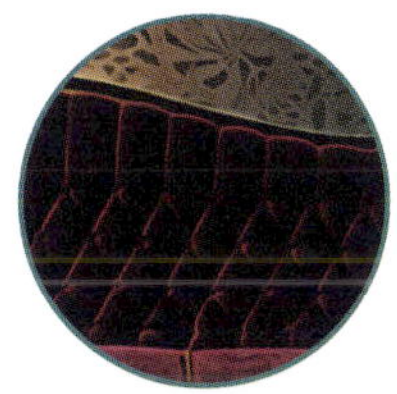

2

3

DAS RÄTSEL FINDEST DU AUF DER NÄCHSTEN SEITE →

Wo führt ihn die Nachricht hin?

Der Preis war hier, der Preis ist fort.
Such an einem besonderen Ort.
Löst du dieses Rätsel mit Bravour,
dann bist du auf der richtigen Spur.
Heute Nacht ist es so weit,
also halte dich bereit!

Womit beginnt das alles hier?
Die Buchstaben führen dich zur richtigen Tür ...

Sie standen kurz etwas unschlüssig vor der Tür, dann meinte Cosmo vorsichtig: „Ich denke, es ist der Riegel mit dem Hasen. Die Tiere schauen immer abwechselnd nach rechts und nach links. Und der Hase ist der Einzige der drei, der nach rechts blickt."

„Bist du auch wirklich sicher, Schlauberger?", fragte Tom. „Ich habe keine Lust, dass hier gleich ein Alarm losgeht und der Hausherr uns in sein Verlies wirft."

„Cosmos Lösung klingt absolut logisch, lasst es uns versuchen", meinte Meyra und schob den Riegel zurück.

Mit einem lauten Schnappen sprangen auch die anderen beiden Verschlüsse auf und die Tür schwang geräuschlos nach innen. Cosmo blickte vorsichtshalber noch mal nach oben, doch auf der Rückseite des Hauses waren alle Fenster schwarz. „Mister Copperfield, du wartest besser hier auf uns, okay? Wenn ich zurückkomme, gibt's auch ein Extraleckerli!" Der Hund sah ihn kurz an, setzte sich dann aber gehorsam neben der Tür auf die Wiese. Mit einem mulmigen Gefühl folgte Cosmo den beiden anderen ins Innere der Hexenvilla.

Als die Tür hinter ihm ins Schloss fiel, war es stockfinster, und Cosmo stieß einen erleichterten Seufzer aus, als Meyra mit einer Taschenlampe die Schwärze durchdrang. Offensichtlich waren sie in eine Art Vorratskammer gelangt.

Hier lagerten auf Regalen verschiedene Konservendosen, Einmachgläser und Weinflaschen. Doch es gab auch eine große Holztruhe und einen riesigen Eichenschrank, der abgesperrt war und seine Geheimnisse für sich behielt.

„Und wo soll hier das Lebkuchenhaus sein?", fragte Tom leise. „Wenn ihr mich fragt: Das ist alles großer Quatsch, da wollte jemand unserem Minimagier einen Streich spielen. Es gibt keinen Beweis, dass der Preis tatsächlich hier ist."

Auch wenn Cosmo es ungern zugab, aber er musste Tom recht geben. Aber wer hätte so was tun sollen? Denn zumindest war sich Cosmo sicher, dass Tom dieses Mal nicht dahintersteckte. Dafür war der große, blonde Hüne selbst viel zu aufgeregt. Obwohl er versuchte, cool zu wirken, merkte Cosmo, wie er sich immer wieder unsicher umsah.

Da entdeckte Cosmo etwas, das ihm das Herz stehen bleiben ließ. An einer der Wände hingen verschiedene Schwerter. Der Strahl der Taschenlampe spiegelte sich in dem scharfen Stahl und eines sah gefährlicher aus als das andere. Was der Besitzer der gruseligen Villa damit wohl so anstellte?

„Ich denke, wir sollten besser abhauen", wollte Cosmo gerade sagen, unterbrach sich dann aber. „Moment mal! Was ist das denn ...?" Er deutete auf eine kleine Kommode. Obendrauf stand eine Lebkuchenfigur. Es war eine mit Zuckerguss verzierte Hexe.

„Die war Teil des Lebkuchenhauses!“, stieß Meyra aus. „Da bin ich ganz sicher! Bäcker Schmidt hat sich mit dieser Figur besonders große Mühe gegeben! Der Rest muss also auch hier irgendwo sein. Lasst uns nach Hause gehen und dem Direktor oder der Polizei Bescheid geben. Die können sich dann um den Dieb kümmern.“

Cosmo spürte, wie ihn bei diesem Vorschlag Erleichterung durchströmte. Er hatte genug von dem Gruselschuppen und er konnte gut darauf verzichten, auf den Eigentümer zu treffen.

Sie gingen zu der Tür, durch die sie vor wenigen Minuten das Haus betreten hatten. Doch als Cosmo dagegendrückte, ging sie nicht auf. „Lass mich mal!“ Tom schob ihn grob zur Seite, doch auch er hatte keinen Erfolg. „Verdammt, wir sind eingesperrt! Man kann das Schloss wohl nur von außen öffnen“, fluchte er.

„Vielleicht gibt es noch einen anderen Ausgang“, schlug Meyra vor. Sie fanden tatsächlich eine zweite Tür, die vermutlich ins Innere des Hauses führte. Doch sie war mit einem Zahlenschloss blockiert. Da entdeckte Cosmo einen roten Briefumschlag neben der Lebkuchenhexe. Und er trug seinen Namen. Er öffnete ihn und fand ein weiteres Rätsel.

WELCHER CODE ÖFFNET DIE TÜR?

1. 835
2. 487
3. 842

1

2

3

DAS RÄTSEL FINDEST DU AUF DER NÄCHSTEN SEITE →

Welcher Code öffnet die Tür?

Die Dinge um dich herum,
es gibt sie in unzähligen Arten.
Aber kannst du sie zusammennehmen
und die richtige Zahl erraten?
Die Schwerter in diesem Haus
sehen doppelt besser aus.
Und die Einmachgläser nehmen
wir "mal" mit dem Wein,
das müsste eine gute Kombi sein.
Doch Schwerter hin und
Einmachgläser her,
die Dosen hier braucht
keiner mehr.

1 2 3
4 5 6
7 8 9

„Ist euch nicht aufgefallen, dass er eben gesagt hat, wir könnten ihm von unserem Lebkuchenhaus erzählen?", fragte Cosmo. „Wir haben aber nie etwas von einem Lebkuchenhaus gesagt, nur von einem Hauptpreis! Woher weiß er, um was es sich handelt?"

„Du hast recht!" Meyra sprang auf. „Er muss der Dieb sein! Vielleicht ist es noch irgendwo hier. Lasst uns mal nachsehen." Und schon hatte sie die Tür aufgezogen, die in den nächsten Raum führte.

Cosmo stand unentschlossen da, während Tom bereits zu dem Durchgang unterwegs war, doch da rief Meyra schon nach ihm. „Cosmo, ich glaube, das hier solltest du dir besser mal anschauen ..."

Als er durch die Tür blickte, traute er seinen Augen kaum. Auf einer Anrichte lag ein Zylinder neben drei verschiedenen Zauberstäben, in einer Ecke thronte eine große Holzkiste mit Löchern für Arme und Beine und an der Wand baumelten Ketten und Handschellen. Der Raum sah beinahe aus wie ein kleines Museum für Zauberei. Und dann stach ihm etwas ins Auge. Ein Plakat. Es trug die gleiche Aufschrift wie das Poster in seinem Zimmer: *„Der Beeindruckende Belmondo – diese Show wird Sie für immer verzaubern!"* Doch das Bild war ein anderes, man sah nicht den Magier als Silhouette, sondern sein lachendes Gesicht und eine Hand mit Zauberstab.

Dieses Gesicht kam Cosmo irgendwie bekannt vor, und zwar nicht nur von den alten Videos, die er sich vom Beeindruckenden Belmondo im Netz angeschaut hatte.

Dann fiel es ihm wie Schuppen von den Augen: Er hatte nicht dieses Gesicht gesehen, sondern eine ältere Version davon, und zwar vor wenigen Augenblicken.

„Ist das etwa der alte Knacker, der hier wohnt?", fragte Tom, der ebenfalls auf das Plakat starrte.

„Ich fass es nicht ...", stotterte Cosmo. „Wir sind im Haus des Beeindruckenden Belmondos, des größten Zauberers der letzten Jahrzehnte!"

„So, so, und wieso hab ich dann noch nie was von ihm gehört?", fragte Tom.

„Sein letzter Auftritt liegt schon über vierzig Jahre zurück. Das war lange vor den großen Fernsehshows. Aber er war einfach der Beste! Er war irgendwie anders als die anderen."

„Und wieso hat er aufgehört, wenn er so erfolgreich war?", wollte Meyra wissen.

Cosmo zuckte mit den Schultern. „Das weiß niemand. Er hat plötzlich bei einem Auftritt verkündet, dass es sein letzter sein würde. Sein Assistent und Schüler Mordo muss wohl versucht haben, ihn zu überzeugen weiterzumachen, aber er blieb bei seiner Meinung. Nach der Show ist er einfach verschwunden. Genau wie Mordo. Und niemand wusste, ob er überhaupt noch lebt - bis heute!“

„Das ist ja verrückt,“ meinte Meyra. „Aber warum sollte ein ehemaliger Magier ein Lebkuchenhaus stehlen? Das macht doch alles überhaupt keinen Sinn!“

Tom hatte in der Zwischenzeit das Zimmer durchsucht. „Hey, Leute, schaut mal, was ich hier gefunden habe. Eine große Truhe mit Schloss! Also wenn ich Diebesgut verstecken wollte, würde ich es genau hier reintun!“

Meyra sah sich die mit großen Symbolen verzierte Kiste genauer an, während Cosmo zur Tür spähte, um zu sehen, ob der alte Mann schon zurückkam. „Jetzt müssen wir sie nur noch aufbekommen“, murmelte sie, und alle drei beugten sich über das Schloss mit dem metallischen Tastenfeld, auf dem man die Zahlen 1 bis 9 eingeben konnte.

WELCHER CODE ÖFFNET DIE KISTE?

1. 186
2. 297
3. 641

1 2 3

DAS RÄTSEL FINDEST DU AUF DER NÄCHSTEN SEITE →

Welcher Code öffnet die Kiste?
1 2 3
4 5 6
7 8 9
TIPP: Findest du die geheimnisvollen Formen an der linken Seite auf dem Zahlendisplay wieder?

Immer einen Schritt voraus ... Cosmo begriff, dass er also immer einen Schritt im Alphabet zurückgehen musste, um herauszufinden, welche Nachricht sich hier versteckte.

So wurde aus E ein D und aus V ein U. DU. Das Ganze: ***Du bist ein Loser.***

Er wusste, wer ihm diese Nachricht geschrieben hatte. Das konnte nur Tom gewesen sein, der ihn mit der E-Mail reingelegt hatte.

Tom war ein Idiot. Ein gutaussehender, blonder, sportlicher Idiot mit breiten Schultern, der in Cosmos Klasse ging und ziemlich angesagt war. Er hatte es auf Cosmo abgesehen, seit dieser sich geweigert hatte, jeden Tag die Matheaufgaben für Tom zu machen.

Cosmo verfluchte sich für seine Leichtgläubigkeit. Er wusch sich schnell die Finger und ging dann mit einer Mischung aus Wut und Scham im Bauch zu Bett.

Am nächsten Morgen wartete er nur darauf, dass Tom ihn mit einem spöttischen Grinsen empfing, um ihn dann vor der kompletten Klasse zu verhöhnen. Doch als er an der Schule ankam, schienen alle in heller Aufregung zu sein.

„Was ist denn los?“, fragte er seinen Freund Karl, als dieser ihm entgegenkam.

„Jemand hat den Hauptpreis der Weihnachtstombola geklaut!“, verkündete Karl. „Meyra ist völlig aufgelöst.“

Da sah Cosmo auch schon Meyra, die mit hängendem Kopf im Schulflur stand und von ihren Freundinnen umringt wurde. Sie trug einen glänzenden, schwarzen Pferdeschwanz, hatte große, dunkle Augen und war einfach unglaublich cool. Sie hatte das große Weihnachtsfest der Schule und die Tombola dazu organisiert. Mit dem Geld, das sie damit einnehmen würden, sollten Geschenke für bedürftige Kinder und ihre Familien gekauft werden.

Cosmo hörte, wie sie den anderen Mädchen alles berichtete: „Und als ich heute Morgen den Werkraum aufgeschlossen habe – war das Lebkuchenhaus verschwunden! Ich habe keine Ahnung, wer das getan haben könnte, ich meine, das Ding war ja riesig! Bäcker Schmidt hat drei Tage gebraucht, bis er es fertig hatte. Was soll jetzt bloß aus der Weihnachtsfeier werden? Sie ist schon dieses Wochenende, und ohne den Hauptpreis bei der Tombola werden die Besucher bestimmt nicht so viel Lose kaufen. Nur über die Spenden werden wir nicht genug Geld zusammenbekommen.“

Da spürte Cosmo plötzlich einen Stoß von hinten, der ihn beinahe aus dem Gleichgewicht brachte.

„Hey, du Möchtegern-Magier, hast du eine ruhige Nacht gehabt?“ Tom lachte herablassend und seine Freunde stimmten ein. Cosmo wollte etwas antworten, doch die Worte schienen in seinem Hals festzustecken.

Aus den Augenwinkeln bemerkte er, dass Meyra zu ihnen herübersah. Am liebsten hätte er sich in Luft aufgelöst, doch da geschah das Undenkbare: Meyra steuerte genau auf sie zu.

Tom bemerkte es ebenfalls, drehte Cosmo den Rücken zu und schenkte Meyra sein strahlendes Lächeln.

„Guten Morgen, Schönheit!“ „Guten Morgen,Tom!“, antwortete sie in ihrer netten Art. Sie und Tom waren seit Langem befreundet, da ihre Eltern zusammen im Golfklub waren und häufig die Sonntage miteinander verbrachten.

„Hast du dir wieder einen deiner üblen Streiche ausgedacht?“ Offenbar hatte sie Toms Kommentar eben gehört. „Was, ich?“, fragte Tom unschuldig. „Niemals! Was kann ich denn dafür, dass unser Loser-Zauberer in Dingen rumwühlt, die ihn nichts angehen?“

Cosmo merkte, wie Wut in ihm hochstieg, und da platzte es aus ihm heraus: „Wer sollte den Brief und die Schnecken denn sonst dort hinterlassen haben?“, fragte er Tom zornig. „Und ich habe auch einen Beweis, dass du es warst!“

WAS BEWEIST TOMS SCHULD?

1. **Was Tom zu Meyra gesagt hat**
2. **Seine Kleider**
3. **Sein Pausenbrot**

1

2

3

DAS RÄTSEL FINDEST DU AUF DER NÄCHSTEN SEITE →

Was beweist Toms Schuld?

Um seine Tarnung nicht auffliegen zu lassen, folgte Cosmo der jungen Polizistin brav zur Toilette und erlöste dann seine Freunde von Inspektor Hahnenfuß. „Vielen Dank für das Interview!“, flötete Meyra dem Polizisten noch zu, dann waren sie draußen auf der schneebedeckten Straße und Cosmo präsentierte stolz seine Beute.

„Ein echtes Tagebuch!“, staunte Tom ehrfürchtig. „Ob da auch Zaubersprüche drinstehen?“ „Quatsch!“, meinte Cosmo. „Aber lass es uns einfach aufmachen, dann sind wir schlauer. Belmondo hat sich auf dem Einband wohl selbst eine kleine Erinnerungshilfe hinterlassen, die man aber nur nutzen kann, wenn man den Startpunkt kennt!“

Vom Stern aus folgte er den Anweisungen mit den Pfeilen. Er musste also erst zwei Felder nach unten, dann fünf Felder nach links und so weiter. So passierte er zuerst die Zahl 9, dann die 7 und schließlich die 2. Er drehte die winzigen Rädchen an dem silbernen Schloss. Das Tagebuch faltete sich auf und gab den Blick frei auf zwei Seiten. „Als ob das Buch von selbst an diese Stelle geblättert hätte …“, murmelte Tom, und neugierig begannen sie zu lesen:

16. Dezember 1979
Heute ist mir endlich klar geworden, dass ich ihm nicht trauen kann. Und das, obwohl mein Assistent Mordo für mich wie ein Sohn war. Er war gelehrig, wissbegierig und ehrgeizig. Der perfekte Schüler für den größten Zauberer seiner Zeit, der – bei aller gebotenen Bescheidenheit – nun einmal ich bin.

Doch Mordo reicht es nicht, die Menschen zum Staunen zu bringen, sie zu verwundern, zu begeistern. Er will vor allem ihr Geld. Etwas, das mir nie viel bedeutet hat.

Ich habe mich schon seit einiger Zeit gefragt, warum er in den letzten Wochen besonders am Studium der Hypnose interessiert war. Gestern bekam ich die Antwort. Als er am Abend zur Show kam, trug er plötzlich einen protzigen Ring mit rotem Edelstein am Finger, der mir sofort auffiel. Er behauptete, es sei ein Erbstück der Familie. Doch heute Morgen las ich in der Zeitung etwas über einen Überfall auf einen Juwelier. Der arme Tropf kann sich seltsamerweise an nichts erinnern, muss dafür aber nach jedem zweiten Satz wie ein Huhn gackern. Da war mir klar, dass hier jemand Hypnose für den Diebstahl eingesetzt hatte. Jemand, der noch nicht besonders viel Übung hat.

Das mit dem Gackern wäre einem Meister wie mir nie passiert!

Doch es wurde noch schlimmer: Heute nach der Show habe ich beobachtet, wie er heimlich meine Sachen durchwühlt hat. Ich weiß, was er sucht. Doch er wird es nicht finden.

Aber mir ist klar geworden, dass es zu gefährlich ist, Individuen wie Mordo in die Show-Zauberei einzuweihen. Was würde erst passieren, wenn er die Macht der wahren Magie erlangen würde? Wenn er die Gabe des Weihnachtsmanns finden würde?

Mordo weiß, was er will, und er wird nicht lockerlassen, bis er es hat. Es gibt nur eine Möglichkeit: Ich muss aus dem Showgeschäft aussteigen. Mich komplett zurückziehen und in der Vergessenheit versinken.

Nur so kann ich die Gabe des Weihnachtsmanns und die Geheimnisse der Magie schützen.

Auch wenn es ein großes Opfer ist, nicht nur für mich, sondern auch und besonders für die Zuschauer, die in Zukunft auf mein Können verzichten müssen! Mein Entschluss steht fest: Morgen werde ich meine letzte Vorstellung geben.

„So war das also ...", murmelte Cosmo. „Aber was sollen wir denn jetzt machen, um Belmondo zu helfen?" Wie durch einen Windstoß blätterte das Buch plötzlich auf die letzte beschriebene Seite.

„Das Tagebuch scheint uns etwas sagen zu wollen", meinte Meyra, „nur was?"

WO SCHICKT DAS TAGEBUCH SIE HIN?

1 In den Keller **2** In die Schule

3 Ins Rathaus

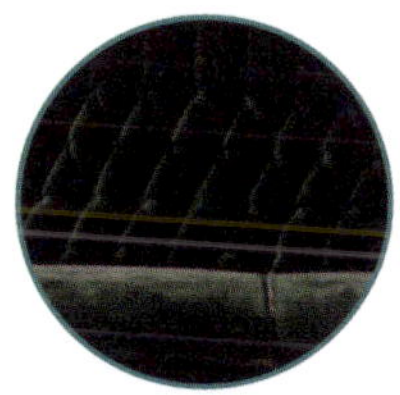

1

2

3

DAS RÄTSEL FINDEST DU AUF DER NÄCHSTEN SEITE →

Wo schickt das Tagebuch sie hin?

Meister Mordo hat mich ausfindig gemacht und will jetzt die Gabe des Weihnachtsmannes. Du musst sie finden und vor ihm beschützen. Der Kalender wird dir helfen! Aber zuerst:

B L E E L I N T M U U E T E N Z R
G E Z E D U W I M Ö G E L E F B
H A E

„Das schaue ich mir besser zu Hause an", stellte Cosmo fest. „In der Dunkelheit hier draußen kann man kaum etwas erkennen." In diesem Moment schälte sich ein schwarzer Schatten aus der Finsternis und stürzte sich auf ihn. Alle drei Kinder schrien vor Entsetzen auf.

Doch dann spürte Cosmo, wie ihn eine warme, feuchte Zunge abschleckte. „Mister Copperfield!", rief er erleichtert und tätschelte dem Hund den Rücken. „Lasst uns gehen!", schlug Meyra vor. „Bevor unsere Eltern doch noch merken, dass wir weg waren." Sie drehte sich noch einmal zu Cosmo um. „Wenn du morgen bei dem Rätsel Hilfe brauchst, kannst du mich jederzeit anrufen, okay? Gute Nacht!"

So sehr er sich über das Angebot freute, konnte Cosmo doch nicht bis zum nächsten Tag warten. Nachdem er sich unbemerkt zurück in sein Zimmer geschlichen hatte, schüttelte er den Inhalt des Beutels auf seinem Bett aus.

Er musste ein wenig herumprobieren, doch dann hatte er die einzelnen Bruchstücke wieder richtig zusammengesetzt. Seltsamerweise klebten sie wie von Zauberhand aneinander, als ob sie magnetisch wären. Dann sah er sich die Buchstaben genauer an. Es schien immer der erste Buchstabe eines Wortes zu fehlen. Er kam auf: Goldschatz, listig, Angst, Uhu, blind und erstaunlich. Wenn er die fehlenden Buchstaben hintereinander las, kam GLAUBE heraus.

Was sollte das nun wieder bedeuten? Er beschloss, das Grübeln auf den nächsten Tag zu verschieben, und kroch müde und aufgeregt zugleich unter die Bettdecke.

Als er am Morgen vor seinem Müsli saß, musterte seine Mutter ihn aufmerksam. „Was ist denn mit dir los? Schlecht geschlafen?", fragte sie. „Nur ein bisschen zu lange gelesen. Alles okay", gab Cosmo zurück. Da kam sein Vater in die Küche. „Du hast bestimmt wieder irgendwelche Zaubertricks studiert, oder? Wann wirst du endlich erwachsen?" Ohne eine Antwort abzuwarten, nahm er seinen Thermobecher mit Kaffee und verschwand in Richtung Kanzlei.

Cosmos Mutter klopfte ihrem Sohn aufmunternd auf die Schulter. „Er meint es nicht so", sagte sie, während Cosmo frustriert in seinem Müsli herumrührte. „Du weißt, dass er es nicht leicht hatte. Er musste früh Verantwortung übernehmen. Sein eigener Vater war nie da, und er musste sich allein um deine Oma kümmern, als sie krank wurde. Er will nur, dass du gut auf das Leben vorbereitet bist." Sie hielt ihm lächelnd seinen Schulrucksack hin. „Sag mal, magst du das nette Mädchen, das dich am Abend hier besucht hat, nicht zu deinem Geburtstag einladen?" Cosmo schnappte sich seine Tasche und war schon fast aus der Tür. „Hör auf, Mama! Außerdem weißt du genau, dass nie jemand mit mir meinen Geburtstag feiert – außer dir und Papa. Ist eben an Heiligabend ..." Und damit ließ er sie stehen.

In der Schule erzählte Cosmo Meyra sofort, wie er das Rätsel mit dem zerbrochenen Zauberstab gelöst hatte. Sie beschlossen, diesmal direkt nach dem Abendessen loszuziehen, um Belmondo auf den Zahn zu fühlen. Zu Cosmos Verdruss fragte Meyra auch Tom, ob er wieder dabei sein wollte. Der Rest des Tages zog sich wie Kaugummi. Cosmo konnte es kaum erwarten, den großen Magier wiederzutreffen. Würde er ihm tatsächlich einige seiner Tricks verraten? Und was hatte er mit dem Diebstahl des Lebkuchenhauses zu tun?
Er aß beim Abendbrot eilig ein paar Happen und machte sich dann, diesmal ohne Mister Copperfield, auf den Weg.

Meyra und Tom erwarteten ihn schon vor der Villa, die dunkel vor ihnen lag. Cosmo fiel auf, dass kein einziges Fenster erleuchtet war. Trotzdem drückte er auf den rostigen Klingelknopf. Nichts geschah. „Seltsam", meinte Cosmo. „Belmondo hat mich schließlich extra herbestellt." Sie warteten noch zehn Minuten, dann gaben sie auf. „Ich habe euch ja gesagt, dass er etwas zu verbergen hat", bestätigte Meyra. „Denkst du, dass er versucht, das Lebkuchenhaus vor uns geheim zu halten und uns deswegen nicht reinlässt?", fragte Tom. Meyra zuckte mit den Schultern. „Keine Ahnung. Durch seinen Versprecher hat er auf jeden Fall verraten, dass er etwas weiß. Gleichzeitig kann ich mir überhaupt nicht vorstellen, was er mit dem Lebkuchenhaus anfangen sollte und warum er uns nicht einfach zum Teufel gejagt hat."

Sie beschlossen, es am nächsten Tag noch einmal bei Belmondo zu versuchen, und verabschiedeten sich voneinander. Als Cosmo nach Hause kam, erwartete ihn bereits seine Mutter. „Diesen Brief an dich hab ich vorhin im Briefkasten gefunden. Sehr seltsam, ohne Briefmarke, und die Post kommt doch normalerweise immer am Morgen …" Sie überreichte ihrem Sohn einen großen, weißen Umschlag, und Cosmo flitzte, so schnell er konnte, in sein Zimmer, um die Nachricht zu lesen.

WOHIN SCHICKT IHN DIE NACHRICHT?

1. **Zum Gartenschuppen**
2. **Zur Schule**
3. **Auf den Weihnachtsmarkt**

1

2

3

DAS RÄTSEL FINDEST DU AUF DER NÄCHSTEN SEITE →

Wohin schickt ihn die Nachricht?

Hahexellohexe Cohexesmohexe,

mohexergehexen wihexerst duhexe ahexellehexes vehexerstehexehehexen. Kohexemmehexe zuhexem ahexeltehexen Schuhexeppehexen nehexebehexen dehexer Vihexellahexe.

Ehexeihexen Frehexeuhexend

Schließlich fiel Cosmo auf, dass zwischen den Buchstaben einzelnen Zahlen versteckt waren. Erneut zückte er seinen Bleistift und verband die Ziffern der Reihe nach, wie er das aus seinen alten Rätselbüchern kannte.

Ungläubig blickte er auf die Form, die sich ergab: War das etwa eine Socke?

Auch Meyra hatte ihm neugierig über die Schulter geschaut. „Haben wir nicht vorhin in einer der Truhen eine einzelne rote Wollsocke gesehen? Die muss es sein!" Sofort stürzten alle drei zu der großen Kiste und suchten nach dem Kleidungsstück.

„Da ist sie!", rief Tom. Doch noch bevor er nach der Socke greifen konnte, hörten sie, wie sich jemand über ihnen an der Falltür zu schaffen machte.

Sie erstarrten und lauschten. Es waren schwere Schritte und mehrere Stimmen zu vernehmen. Eine klang dumpf und tief durch das Holz der Falltür. „Wir machen so schnell wir können, Boss, äh ... Meister Mordo, meine ich natürlich. Keine Sorge, diesmal kann uns der alte Knacker nicht in die Quere kommen, dafür haben Sie ja gesorgt. Die Gören werden uns nicht ausstechen." Die Stimme lachte hämisch. Dann sprach ein weiterer Mann, jedoch ein Stück weiter weg, und so verstanden sie nicht, was er sagte. Trotzdem kam Cosmo die Stimme irgendwie bekannt vor. Dann wieder der erste Mann: „Wir müssen das Schloss aufbrechen. Ich hole meine Brechstange."

„Mist, Mist, Mist!", schimpfte Meyra. „Das ist Mordo! Er will sich die Gabe des Weihnachtsmanns unter den Nagel reißen! Wir müssen hier raus!" Cosmo schnappte sich die Socke und stopfte sie sich tief in die Tasche. Panisch sahen sie sich um. Verstecken konnten sie sich hier nicht, Mordo würde sie finden, wenn er nach der Socke suchte.

In diesem Moment hörten sie ein lautes Krachen, als das metallene Schloss der Falltür aus dem Holz gestemmt wurde. Da entdeckte Cosmo eine unscheinbare Tür in der Ecke des Raumes, dort, wo der Sarg stand. Er stürmte darauf zu und riss sie auf. Dahinter lag eine kleine Abstellkammer mit verschiedenen großen Kartons. „Kommt schnell!", rief er den anderen beiden zu.

Cosmo hörte ein Quietschen und dann die ersten Schritte auf der Holztreppe, die in das Gewölbe führte, als auch Tom und Meyra in der Kammer ankamen. Cosmo zog leise die Tür hinter ihnen zu und lehnte sich mit dem Rücken dagegen.

„Und jetzt?", flüsterte er seinen Freunden zu. „Jetzt hauen wir ab!", sagte Meyra leise und deutete auf ein Fenster unterhalb einer Öffnung. „Wir klettern durch das Oberlicht raus!"

„Und wie sollen wir das machen?“, zischte Tom. „Das Fenster ist fast drei Meter über uns!“
Cosmo blickte auf die Kisten, die in der Kammer herumstanden. „Wir können uns eine Leiter bauen! Wir müssen nur aufpassen, in welcher Reihenfolge wir die Kisten aufeinanderstapeln, damit der Turm stabil ist. Die schwersten ganz nach unten!“

WIE MÜSSEN SIE DIE KISTEN STAPELN? WELCHE KISTE STEHT VON UNTEN NACH OBEN GESEHEN AN ZWEITER STELLE?

1. Die grüne Kiste
2. Die blaue Kiste
3. Der graue Karton

1 2 3

DAS RÄTSEL FINDEST DU AUF DER NÄCHSTEN SEITE →

Wie müssen sie die Kisten stapeln?

DER SCHWARZE KARTON KOMMT NICHT AUF DEN BRAUNEN.
DIE GRÜNE KISTE IST WEDER DIE LEICHTESTE NOCH DIE SCHWERSTE.
DIE BLAUE KISTE UND DIE GRÜNE SOLLTEN SICH BERÜHREN.
DIE BRAUNE KISTE IST DIE SCHWERSTE.
DIE GRÜNE KISTE KOMMT ZWISCHEN DIE BLAUE UND DIE SCHWARZE.
DER SCHWARZE KARTON BERÜHRT NUR EINE ANDERE KISTE.

Einkaufszettel für Cosmo
Eie
Lebrwurs
Buter
Nudln
Mareiade
Mich
Sockolade
!
Wamittel
Zucke
Selleri
Zwebel
Lorbeerlätter
Zim
Glühwen
Gechenkpapier
Streihölzer

„Die Augen!", rief Meyra. „Die drei Augen schauen jeweils genau auf ein Symbol! Lasst uns diese drei Zeichen ausprobieren." Jeder legte seine Hand auf eins der Symbole. Dann warteten sie gespannt. Cosmo hätte schwören können, dass er ein Kribbeln auf der Haut spürte und das Metall unter seiner Hand plötzlich warm wurde. Er wusste nicht, was hier geschah, aber mit einem Mal schwang die Tür nach innen auf.

Sie traten in den Schuppen, der von innen viel größer zu sein schien, als er von außen gewirkt hatte.

Er beherbergte ein Sammelsurium von Zauberutensilien, Kleidern, Büchern, Erinnerungsstücken und sogar ein altes Skelett. Doch ein Gegenstand stach ihnen sofort ins Auge: In der Mitte des Raums stand auf einem alten Sekretär das riesige Lebkuchenhaus, das eigentlich dem Gewinner der Tombola gehören sollte.

Es schien noch weitestgehend intakt zu sein, nur die Hexenfigur, die sie schon vorher gefunden hatten, hatte eine kleine Lücke zwischen Hänsel und Gretel hinterlassen.

„Er hat es tatsächlich geklaut!", staunte Cosmo ungläubig. „Belmondo hat sich als Opfer hingestellt, das von uns jugendlichen Einbrechern belästigt wird, und in Wahrheit ist er der Übeltäter!" Cosmo merkte, wie Wut in ihm hochstieg. Belmondo war sein Idol gewesen, sein Vorbild. Und was war aus dem großen Zauberer von einst geworden? Ein kleiner Dieb, der rücksichtslos die Spenden für die Weihnachtsgeschenke der bedürftigen Kinder in Gefahr gebracht hatte. Das ergab doch alles überhaupt keinen Sinn. Je länger Cosmo darüber nachdachte, desto sicherer war er, dass mehr dahinterstecken musste.

„Lasst uns noch mal in das Haus gehen. Wenn Belmondo da ist, stellen wir ihn zur Rede, und wenn nicht, dann sehen wir uns noch mal ganz in Ruhe in der Hexenvilla um." „Ich weiß nicht recht", sagte Tom zögernd. „Nicht dass der Typ uns in weiße Mäuse verzaubert oder so was ..."

„Glaubst du jetzt plötzlich an Magie?" Cosmo konnte sich ein Grinsen nicht verkneifen. „Ist ja nicht wie bei dir, du Schmalspur-Zauberer, wo die Tricks immer nach hinten losgehen", giftete Tom zurück. „Der Typ war irgendwie ... anders. Und das mit der Tür eben – echt spooky!"

Cosmo schüttelte den Kopf. Es war doch erstaunlich, wie schnell leichtgläubige Menschen sich von einfachen Tricks beeindrucken ließen. Doch dann fiel ihm das Lösungswort auf dem zerbrochenen Zauberstab wieder ein: Glaube. Und er biss sich auf die Zunge.

„Cosmo hat recht", sagte Meyra. „Wir sollten Belmondo die Chance geben, die Sache selbst wieder in Ordnung zu bringen. Wenn er sich weigert, können wir immer noch dem Schuldirektor Bescheid geben. Aber dann müssen wir natürlich auch zugeben, dass wir von zu Hause ausgebüchst und nachts in fremde Häuser eingebrochen sind. Das werden unsere Eltern nicht gerade toll finden."

Dieses Argument überzeugte Tom, und so umrundeten sie die Villa, um direkt an der großen Eingangstür zu klopfen.

Doch das brauchten sie gar nicht, denn die Tür stand einen Spalt weit offen. Plötzlich knurrte Mister Copperfield, und Cosmo glaubte, von innen ein leises Poltern zu hören. „Du wartest hier auf uns!", flüsterte Cosmo seinem Hund zu, der wachsam auf dem Treppenabsatz in Position ging. Vorsichtig betraten die drei Kinder die imposante Eingangshalle mit dem riesigen Weihnachtsbaum.

„Herr Belmondo?", rief Cosmo. „Ich wollte Ihnen sagen, dass ich Ihr Rätsel gelöst habe! Herr Belmondo, sind Sie da?" Stille antwortete ihm.

Sie durchsuchten das untere Stockwerk, doch das Haus schien verlassen. Da rief Meyra aus der Küche: „Cosmo, komm mal hierher! Das scheint für dich zu sein ..."

Eilig ging er zu ihr und sah, dass sie vor dem Kühlschrank stand. Ein einziger großer Zettel war mit einem Magnet daran befestigt worden. Darauf stand: *Einkaufszettel für Cosmo.*

WAS BEDEUTET DER ZETTEL?

1. **Dass Cosmo einkaufen soll**
2. **Dass Belmondo Hilfe braucht**
3. **Dass Belmondo ein Verbrechen plant**

1

2

3

DAS RÄTSEL FINDEST DU AUF DER NÄCHSTEN SEITE →

Was bedeutet der Zettel?

<u>Einkaufszettel für Cosmo</u>

Eie
Lebrwurs
Buter
Nudln
Marelade
Mlch
Sokolade
!
Wamittel
Zucke
Selleri
Zwebel
Lorbeerlätter
Zim
Glühwen
Gechenkpapier
Streihölzer.

Cosmo hatte die steinerne Engelskopf-Statue auf dem Schreibtisch entdeckt. Aus der Engelsbrust ragte eine sehr auffällige Form, genauso auffällig wie das Schlüsselloch der Schreibtischschublade. Das konnte kein Zufall sein.

Er nahm die Statue, steckte den vorderen Teil in das kleine, goldene Schlüsselloch und drehte ihn behutsam um. Es klackte leise und die Schublade ließ sich aufziehen. „Genial!", entfuhr es Meyra.

In der Schublade lagen einige Briefe und Dokumente, die auf den ersten Blick nichts Spannendes zu verraten schienen, doch dann entdeckten sie gleich zwei interessante Dinge.

„Das ist eine Vorladung vor Gericht", las Cosmo vor. „Hier steht, dass Belmondo große Schulden hatte und die Villa nicht mehr abbezahlen konnte. ‚Sehr geehrter Herr Belmondo, wenn Sie die Rechnungen bis zum 12. 12. nicht begleichen, droht Ihnen eine Haftstrafe …'"

„Das gibt es doch nicht!", rief Tom. „Heißt das, der Magier hat unser Lebkuchenhaus gemopst, weil er es zu Geld machen wollte?"

„Also, so wertvoll ist es ja nun auch wieder nicht", antwortete Meyra. „Aber der 12.12. war vorgestern. Vielleicht wurde er tatsächlich verhaftet! Der arme alte Mann, einfach so aus seinem Haus vertrieben! Aber wie bekommen wir heraus, wo sie ihn hingebracht haben und wie wir ihm helfen können?"

Jetzt hielt Tom das zweite Fundstück in die Höhe. „Vielleicht kommen wir damit weiter."

Cosmo sah genauer hin: „Kristallkugel-Gebrauchsanweisung. Echt jetzt?"

Tom zuckte mit den Schultern: „Du bist doch der Magier von uns. Schalt das Ding mal an!" Cosmo konnte kaum glauben, was er hörte. Dachte Tom wirklich, dass eine Kugel aus Glas mehr konnte als hübsch auszusehen?

Meyra blätterte in der Gebrauchsanweisung herum. „Also, das liest sich so, als ob man die Kugel wirklich benutzen könnte. Seltsam … Allerdings gibt es wohl keinen Einschalter oder so etwas. Hier ist ein Stab abgebildet, mit dem man die Kugel offensichtlich berühren soll." Sie wirkte skeptisch, doch Tom rief sofort: „Na klar, wir brauchen einen Zauberstab!"

Cosmos Hände gruben sich in seine Jackentaschen und erfühlten das kleine Säckchen aus Samt und den darin enthaltenen Stab, den er auf so wundersame Weise wieder zusammengesetzt hatte.

Vielleicht enthielt das Teil ja tatsächlich einen Magneten, der auch diese Kugel irgendwie aktivieren konnte. Einen Versuch war es wert. Er zog den Beutel aus der Tasche und zog den Stab heraus. Ungelenk nahm er ihn in die Hand und klopfte damit auf das dicke Glas.

Nichts geschah. War ja klar gewesen. „Warte!“, rief Meyra. „Hier steht, dass du dabei an deine Frage denken sollst. Hast du das gemacht?“

Cosmo konzentrierte sich. Meyra zuliebe bündelte er all seine Gedanken auf Belmondo. ‚Wo bist du?‘, fragte er im Stillen, doch er erwartete keine Antwort. Und tatsächlich, die Kugel blieb blind. Dann fielen Cosmos Augen auf die Rätselschrift, die immer noch in dem Zauberstab eingeprägt war: Glaube. Meinte Belmondo etwa … nein … oder vielleicht doch? Konnte es sein, dass der Alte wirklich über besondere Kräfte verfügte? Plötzlich begann das Innere des Glases sanft zu glühen. Alle drei traten näher heran und starrten auf das mystische Licht. Langsam wurde es stärker und ein Bild entstand, erst unscharf, dann immer deutlicher.

Sie sahen Belmondo. In seinem schwarzen Frack saß er auf einer kleinen Bank und ließ eine Münze zwischen seinen Fingern hin- und herwandern. Vor der ganzen Szenerie: Gitterstäbe.
„Er sitzt tatsächlich im Kittchen!“, staunte Tom. „Aber wo?“

Da verschwand das Bild und ein anderes erschien. Es war ein Teil des Raumes, in dem sie sich befanden, oder etwa doch nicht?

WIE SOLL DAS BILD IN DER GLASKUGEL IHNEN HELFEN?

1. **Es ist ein Hinweis auf eine magische Kiste.**
2. **Sie sollten in einer Jackentasche nachschauen.**
3. **Es zeigt ihnen eine geheime Klappe in dem Zimmer.**

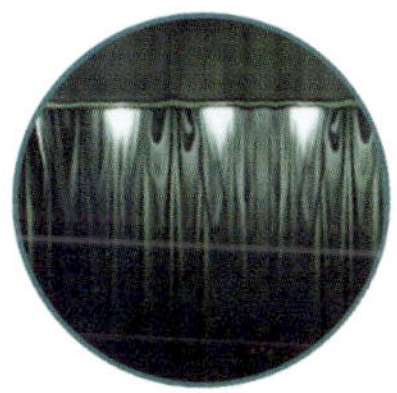
1

2

3

DAS RÄTSEL FINDEST DU AUF DER NÄCHSTEN SEITE →

Wie soll das Bild in der Glaskugel ihnen helfen?

„Schau mal!", rief Cosmo aufgeregt. „Es sind zwar viele Teile eines Lebkuchenmannes, aber nur die vier Stücke mit den Nummern 2, 3, 5 und 0 passen zusammen. Von oben nach unten gelesen ergeben sie eine Uhrzeit: 23:50 Uhr!"

„Okay, dann ist ja alles klar", stellte Meyra fest. „Wir treffen uns zehn Minuten vor Mitternacht an der Hexenvilla. Ich muss los, noch ein paar Vorbereitungen treffen!" Und schon war sie wieder die Treppe hinuntergesprungen und verschwunden.

Cosmo war sich nicht sicher, was gerade passiert war.

Hatte er sich wirklich darauf eingelassen, mitten in der Nacht zur Hexenvilla zu gehen, um ein Lebkuchenhaus zu suchen? Er musste wahnsinnig sein.

Beim Abendessen bekam Cosmo vor Aufregung fast nichts hinunter. Dafür war Mister Copperfield umso hungriger. Er sah erwartungsvoll zwischen seinen schwarzen Zotteln zu Cosmo auf, als dieser ihm immer wieder heimlich Teile seines Wurstbrots hinhielt. Cosmo war froh, dass sie den Hund hatten. Seine Familie bestand sonst nur aus seinen Eltern, die ständig am Arbeiten waren, und einem Onkel in Australien. Manchmal fühlte er sich deswegen ziemlich einsam.

Dann war es endlich so weit. Cosmos Eltern waren bereits um elf Uhr ins Bett gegangen und so konnte er sich leise zur Haustür schleichen. Doch als er sie öffnen wollte, erwartete ihn bereits jemand:

Mister Copperfield stand an der Tür, ganz so, als ob er genau wüsste, was Cosmo vorhatte.
„Lass mich durch, du Wachhund-Zwerg. Ich muss los."
Doch Copperfield bewegte sich keinen Zentimeter und knurrte leise.
„Pst, sonst hören uns Mama und Papa!", flüsterte Cosmo. „Ist ja schon gut, ich nehm dich mit. Aber du brauchst nicht zu denken, dass es dafür Leckerlis gibt!"

Gemeinsam verließen sie das Haus und machten sich auf den Weg zur Hexenvilla. Es hatte wieder angefangen zu schneien und Cosmo wickelte sich seinen roten Schal bis über die Nase.

Die Straße lag unheimlich still und verlassen da, und Cosmo war froh, als er sein Ziel endlich erreicht hatte. Er blickte ängstlich zu dem alten Gebäude hinauf. Wieder war eins der Fenster erleuchtet. Doch nichts bewegte sich dort.

Er sah auf die Uhr: 23:47 Uhr. Noch drei Minuten. Wo blieb Meyra? Da entdeckte er zwei Schatten, die sich aus der Dunkelheit schälten. Einer war etwa so groß wie er, der andere zwanzig Zentimeter größer und breiter. Als sie näherkamen, erkannte er Meyra und dann zu seinem Verdruss auch Tom.

„Hi, Cosmo“, flüsterte Meyra. „Ich dachte, ich bringe uns noch etwas Verstärkung mit, sicher ist sicher!“ Tom bedachte Cosmo mit einem amüsierten Blick. „Genau! So ein Abenteuer ist nur was für große Jungs und nichts für Weicheier wie dich“, zischte er Cosmo im Vorbeigehen zu, so, dass Meyra es nicht hören konnte. Sie ließ Mister Copperfield ihre Hand beschnuppern und streichelte ihm dann das Zottelfell.

„Was machen wir denn jetzt?“, fragte sie die beiden Jungs. Sie standen genau vor dem großen Eingangstor, das Cosmo nur zu gut kannte. „Lasst uns mal um das Grundstück herumgehen, vielleicht entdecken wir da eine Spur des Lebkuchenhauses.“

Die drei schlichen sich geduckt auf die Rückseite des Gartens, Copperfield im Schlepptau.

Auf der hinteren Seite des riesigen Hauses konnten sie eine Tür erkennen, die nicht so imposant wie die Eingangstür war, die sie aber umso mehr interessierte. Denn diese Tür schien grün zu glühen. Cosmo kniff die Augen zusammen: „Da ist irgendeine leuchtende Inschrift drauf!“

„Dann bleibt uns wohl nichts anderes übrig, als nachzusehen, was da steht“, sagte Meyra. „Macht mir mal 'ne Räuberleiter, Jungs!“ Als sie sich gegenseitig über den Zaun halfen, war Cosmo sich nicht sicher, was stärker war: seine Angst oder das schlechte Gewissen, weil sie in einen fremden Garten einbrachen. Doch dann stand er auch schon vor der leuchtenden Schrift, und er wusste, dass sie am richtigen Ort waren.

WELCHES TIER ÖFFNET DIE TÜR?

1 Tiger 2 Hase 3 Büffel

1

2

3

DAS RÄTSEL FINDEST DU AUF DER NÄCHSTEN SEITE →

Welches Tier öffnet dir hier?

*Doch Achtung,
triff eine weise Wahl,
denn versuchen kannst du
es nur ein einziges Mal!*

TIPP: Egal ob groß oder klein, gefährlich oder zahm – nur der Blickwinkel zählt!

Sie starrten gemeinsam auf die verkleinerte Ausgabe des Arbeitszimmers und verglichen es mit dem Raum, in dem sie sich gerade befanden. Alles schien identisch, doch da rief Tom: „Die graue Jacke da hinten an der Garderobe! Sie fehlt im Glaskugelbild!" Meyra war bereits zu der grauen Jacke getreten und griff beherzt in die Taschen. „Aha!", rief sie triumphierend und zog eine kleine Karte heraus. Es war die Visitenkarte eines Polizisten namens Tobias Hahnenfuß, der laut den Angaben auf der Polizeiwache in der Innenstadt arbeitete.

„Dort muss Belmondo eingesperrt sein!", schlussfolgerte Meyra. „Falls wir dieser Kugel wirklich magische Kräfte zusprechen", meinte Cosmo skeptisch. „Ich finde ja auch, dass es verrückt klingt, aber einen Versuch ist es doch wert, oder?" Meyra schaute ihn herausfordernd an. Schließlich gab er sich einen Ruck. „Du hast recht, auf geht´s zur Polizeiwache! Ich bringe nur schnell Mister Copperfield nach Hause, ich habe nämlich eine Idee."

Und so kam es, dass die drei eine halbe Stunde später am Empfang der Polizeiwache nach Inspektor Tobias Hahnenfuß fragten. Der Polizist, der daraufhin erschien und sie hereinbat, hatte einen stoppeligen Dreitagebart, kurze, blonde Haare und einen durchbohrenden Blick.
„Wie kann ich euch helfen?", fragte er die drei misstrauisch. Cosmo hatte sich auf dem Weg hierher eine Geschichte zurechtgelegt, um an den Magier heranzukommen. Sein Hund sei verschwunden und zuletzt wäre er auf Belmondos Grundstück gesehen worden. Nun sei er zu Belmondos Haus gekommen, um ihn zu fragen, ob das Tier bei ihm gewesen sei. Eine Nachbarin habe ihm erzählt, dass Belmondo von der Polizei abgeholt worden sei. Und dann hätte Cosmo auf dem Boden vor der Haustür Hahnefuß' Visitenkarte gefunden und hoffe nun, dass dieser ihm sagen könne, wo Belmondo zu finden sei.

„Aha, dein Hund ...", murmelte der Polizist. „Da kann ich dir tatsächlich weiterhelfen. Wir haben Herrn Belmondo hier auf die Wache gebracht. Und da wird er leider auch bleiben müssen, solange er nicht die Kaution aufbringen kann." Hahnenfuß seufzte theatralisch. „Aber ich fürchte, ihr werdet nicht mit ihm sprechen können. Besuch ist leider nicht gestatten, ihr versteht?" Hahnenfuß wollte die drei gerade wieder aus der Polizeiwache scheuchen, als Cosmo fragte: „Könnte ich bitte noch schnell auf die Toilette gehen? Es ist wirklich dringend ..." Hahnenfuß zuckte mit den Schultern. „Von mir aus. Hinten rechts ums Eck."

„Lenkt ihr ihn irgendwie ab! Ich suche Belmondo!", zischte Cosmo Tom und Meyra zu, bevor er scheinbar in Richtung Toiletten davontrabte. „Wissen Sie", sagte Meyra und setzte ihr unschuldigstes Lächeln auf, „ich schreibe für die Weihnachtsausgabe unserer Schülerzeitung gerade einen Artikel über wahre Helden. Es wäre toll, wenn ich Sie dafür interviewen könnte! Ich meine, Sie retten die Stadt jeden

Tag vor Gaunern und Ganoven. Sie müssen furchtbar mutig sein!" „Die Weihnachtsausgabe?", wollte Tom gerade fragen, doch Meyra unterbrach ihn schnell. „Natürlich, hast du die etwa vergessen, Tom? Also, Herr Hahnenfuß, erzählen Sie mir doch am besten gleich mal von Ihrem gefährlichsten Einsatz!"

Während der Polizist die Aufmerksamkeit genoss, hatte Cosmo die Arrestzellen ausfindig gemacht. Als Belmondo ihn erblickte, sprang er sofort auf und kam zur Zellentür. „Cosmo! Ich wusste, du würdest mich finden! Wir haben nicht viel Zeit. Er hat Spitzel hier! Nimm mein Tagebuch, es wird dir weiterhelfen!" In diesem Moment erschien eine Polizistin hinter Cosmo: „Was machst du denn hier, Junge? Hier ist der Zutritt verboten." „Entschuldigung", stotterte Cosmo, „hab nur die Toilette gesucht." Er ließ das Büchlein mit dem Schloss daran in seiner Jackentasche verschwinden und hörte gerade noch, wie Belmondo ihm zuflüsterte: „Beginne am Stern!"

WELCHER CODE ÖFFNET DAS SCHLOSS DES TAGEBUCHS?

1. 972
2. 926
3. 978

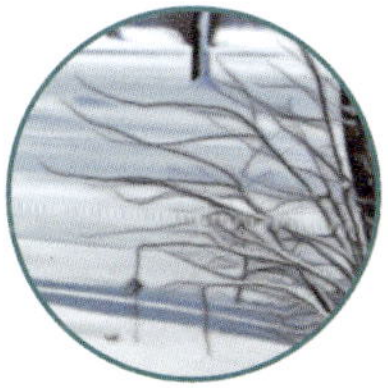
1

2

3

DAS RÄTSEL FINDEST DU AUF DER NÄCHSTEN SEITE →

Welcher Code öffnet das Schloss des Tagebuchs?

	1			2				✶
		9				3		
3		8		1		8		2
					7			
1			4					5
		3				6		
							9	

2↓ 3↑
5← 2←
1↑ 4↑
2← 2→
6↓
4→

„Lass uns die Buchstaben mal nach den Farben sortieren!", schlug Cosmo vor. „Also zuerst alle roten Buchstaben hintereinander lesen – ergibt: BENUTZE DIE FA... Jetzt weiter mit den blauen: ...LLTÜR ZUM GEH..." „Benutze die Falltür zum geheimen Gewölbe!", fiel Meyra ihm ins Wort. „In der Hexenvilla gibt es irgendwo einen Zugang zu einem versteckten Keller, und den müssen wir finden!"

Cosmo merkte, wie sein Magen widersprechen wollte. Die Hexenvilla war so schon unheimlich genug, jetzt auch noch ein düsterer Keller voller dunkler Geheimnisse? Doch sie waren schon so weit gekommen, er würde nicht aufgeben!

Entschlossen machten sie sich erneut auf den Weg zu dem alten Gebäude, in dem alles begonnen hatte. Aber als sie das Haus betreten wollten, hielt ein rot-weiß gestreiftes Flatterband sie davon ab.

Tom machte große Augen, als er Bürgermeister Timor Dormsee vor der Villa mit einigen Bauarbeitern sprechen sah.

„Was ist denn hier los, Onkel Timor?", fragte er unschuldig nach. Der Bürgermeister winkte ab. „Keine große Sache. Der Besitzer hat die Raten für das Haus nicht mehr zahlen können. Das Grundstück gehört der Stadt, wir werden die Villa morgen entrümpeln und dann abreißen. Hier wird ein schönes neues Verwaltungsgebäude entstehen!" „Aber das können Sie doch nicht machen!", protestierte Cosmo entsetzt. „Wieso denn nicht, junger Mann?" „Weil der Besitzer das bestimmt ganz furchtbar fände!" Aber dieses Argument schien den Bürgermeister nicht zu beeindrucken, und so fügte Cosmo hinzu: „Und weil sich in diesem Haus viele besondere Gegenstände befinden!"

Die Augen des Bürgermeisters verengten sich. „Besondere Gegenstände? Was meinst du damit, Junge? Und woher weißt du das überhaupt?" Cosmo spürte, wie seine Wangen trotz der Kälte zu glühen begannen. „Ach, das denke ich mir eben so", wich er aus. „In alten Häusern gibt es doch immer wertvolle Gegenstände."

Timor Dormsee bedachte ihn mit einem scharfen Blick, dann wandte er sich ab. „Das tut nichts zur Sache, morgen wird die Villa leergeräumt."

Betreten stapften die drei durch den Schnee nach Hause. Doch bevor sie sich trennten, fasste Cosmo einen Entschluss. „Wir müssen heute Nacht in die Villa. Das ist unsere letzte Chance, diese seltsame Gabe des Weihnachtsmanns zu finden. Seid ihr dabei?" Meyra sah ihn an und grinste. „Das lasse ich mir nicht entgehen!", bestätigte auch Tom.

Und so kam es, dass die drei am Abend abermals im Dunkeln über den Zaun kletterten und sich über den Hintereingang in die Villa schlichen. Mister Copperfield war diesmal mit von der Partie. So hatte Cosmo wieder die perfekte Ausrede für seinen abendlichen Spaziergang im Schnee.

„Du bleibst hier an der Tür, Copperfield. Wenn jemand kommt, bellst du ganz laut, okay?“ Cosmo gab dem schwarzen Fellknäuel ein extra großes Leckerli, dann betraten sie das Haus.

Im Inneren war es dunkel und still. Sie schalteten ihre Taschenlampen ein, und gemeinsam begannen sie, den Fußboden nach einer geheimen Luke abzusuchen. Unter einem alten, staubigen Perserteppich im Wohnzimmer wurden sie schließlich fündig.

Doch die Tür war mit einem dicken Schloss gesichert. „Das hätten wir uns ja denken können, wenn Belmondo da unten seinen größten Schatz versteckt“, meinte Tom. „Was stand noch mal in dem Tagebuch? *Der Kalender wird euch helfen.* Also, zumindest hängt hier einer an der Wand. Und ein Zettel klebt auch noch dran. Ein Code steht aber leider nicht drauf ...“

„Das wäre wohl auch zu einfach für den Beeindruckenden Belmondo“, grinste Cosmo und sah sich Zettel und Kalender genauer an.

WELCHER CODE ÖFFNET DAS SCHLOSS AN DER FALLTÜR?

1. 314
2. 862
3. 407

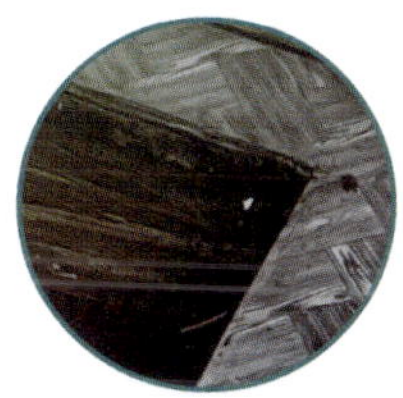

1

2

3

DAS RÄTSEL FINDEST DU AUF DER NÄCHSTEN SEITE →

Welcher Code öffnet das Schloss?

2022

*Lieber Herr Belmondo,
hier eine Liste mit den Tagen, an denen Sie sich um meine Kaninchen kümmern müssen. Bitte kreuzen Sie sie sich sehr gewissenhaft im Kalender an.
Herzlichst
Matilde Mümmelmann*

*Im Juli fahre ich für drei verlängerte Wochenenden in mein Ferienhaus am Meer: 1.–3.7. und 15.–17.7. sowie 29.–31.7.
An den restlichen Sonntagen in diesem Monat bin ich ebenfalls unterwegs.
Im November werde ich jeden Dienstag beruflich in Frankreich sein.
Im Dezember muss ich jeweils an den ersten beiden Donnerstagen und Samstagen nach Lappland, genau wie vom 15.–17.12.
An Heiligabend und Silvester besuche ich meinen Sohn und seine Familie.*

MÄRZ 2022

Mon	Die	Mit	Don	Fre	Sam	Son
28	1	2	3	4	5	6
7	8	9	10	11	12	13
14	15	16	17	18	19	20
21	22	23	24	25	26	27
28	29	30	31	1	2	3
4	5	6	7	8	9	10

APRIL 2022

Mon	Die	Mit	Don	Fre	Sam	Son
28	29	30	31	1	2	3
4	5	6	7	8	9	10
11	12	13	14	15	16	17
18	19	20	21	22	23	24
25	26	27	28	29	30	1
2	3	4	5	6	7	8

JULI 2022

Mon	Die	Mit	Don	Fre	Sam	Son
27	28	29	30	1	2	3
4	5	6	7	8	9	10
11	12	13	14	15	16	17
18	19	20	21	22	23	24
25	26	27	28	29	30	31
1	2	3	4	5	6	7

AUGUST 2022

Mon	Die	Mit	Don	Fre	Sam	Son
1	2	3	4	5	6	7
8	9	10	11	12	13	14
15	16	17	18	19	20	21
22	23	24	25	26	27	28
29	30	31	1	2	3	4
5	6	7	8	9	10	11

NOVEMBER 2022

Mon	Die	Mit	Don	Fre	Sam	Son
31	1	2	3	4	5	6
7	8	9	10	11	12	13
14	15	16	17	18	19	20
21	22	23	24	25	26	27
28	29	30	1	2	3	4
5	6	7	8	9	10	11

DEZEMBER 2022

Mon	Die	Mit	Don	Fre	Sam	Son
28	29	30	1	2	3	4
5	6	7	8	9	10	11
12	13	14	15	16	17	18
19	20	21	22	23	24	25
26	27	28	29	30	31	1
2	3	4	5	6	7	8

TIPP: Kreuze alle genannten Tage an! Kannst du erkennen, welche Formen entstehen?

Cosmos Augen wurden weit. Er verstand sofort, dass er nach jedem Vokal das „hexe“ streichen musste, trotzdem dauerte es etwas, bis er die Nachricht entschlüsselt hatte:

„Hallo Cosmo, morgen wirst du alles verstehen. Komme zum alten Schuppen neben der Villa. Ein Freund.“ Die Botschaft schien also nicht von Belmondo zu stammen. Aber von wem dann? Und was sollte er verstehen? Da es Freitagabend und am nächsten Tag schulfrei war, schrieb er vor dem Einschlafen Meyra und wohl oder übel auch Tom eine Nachricht auf ihr Handy: „Treffen uns morgen um elf Uhr an der Hexenvilla!“ Dann fiel er in einen unruhigen Schlaf.

Der Samstag hatte neuen Schnee mitgebracht. Draußen wirbelten die weißen Flocken durch die Luft und auf dem Gehsteig hatte sich bereits eine ordentliche Schicht der weißen Pracht angesammelt. Mister Copperfield schnüffelte fröhlich in dem frischen Schnee herum, während seine kurzen, schwarzen Beine bei jedem Schritt ein paar Zentimeter tief einsackten.

Cosmo hatte behauptet, dass er mit Copperfield Gassi gehen wolle. Er konnte sich lebhaft vorstellen, wie sein Vater reagieren würde, wenn er ihm die Wahrheit erzählen würde: Dass er mysteriösen Botschaften hinterherjagte, bei einem pensionierten Magier in die Lehre gehen wollte und außerdem einem Lebkuchenhaus-Dieb auf der Spur war.

Vor der Villa begrüßte Meyra den Hund mit einem kleinen Stück Käse, das sie vom Frühstück hatte mitgehen lassen. „Tom ist wohl noch nicht da, aber erzähl mir schon mal alles. Ich bin so gespannt, dass ich fast platze!“, ermunterte sie Cosmo.

Nachdem er Meyra auf den neusten Stand gebracht hatte, versuchten sie es noch einmal mit der Klingel, doch auch diesmal antwortete niemand. „Zumindest können wir uns dann ungestört in dem Schuppen umsehen“, seufzte Cosmo, dem bei dem Gedanken, schon wieder einzubrechen, nicht ganz wohl war. Sie waren gerade auf dem Weg zum hinteren Abschnitt des Grundstücks, um wieder über die Mauer zu klettern, als Tom zu ihnen stieß. „Sorry, Leute, musste noch zur Mathenachhilfe, mein Alter hat mich vorher nicht gehen lassen“, erklärte er genervt. „Also ich versteh ja, dass dein Vater nicht will, dass du sitzen bleibst, aber kann er dich nicht wenigstens am Wochenende mal entspannen lassen?“, fragte Meyra. „Keine Chance! Er denkt, dass ich zu faul bin. Manchmal glaube ich, dass er sich vor seinem Bruder, dem großen Bürgermeister, schämt, wenn sein Sohn zu doof zum Studieren ist.“ Tom straffte schnell seine Schultern, spuckte kurz aus und sagte dann: „Kommt! Lasst uns mal zu dem Schuppen gehen. Ich glaube, er ist da hinten am äußersten Rand des Gartens.“ Tatsächlich stand dort eine alte, baufällige Holzhütte, die aussah, als ob sie schon mindestens hundert Jahre alt wäre.

Cosmo sah sich die Tür genauer an. Sie war aus massivem Holz und trug sehr aufwendige Schnitzereien, die so gar nicht zu einem Gartenschuppen passen wollten. Er versuchte sie zu öffnen, doch wie er beinahe schon erwartet hatte, war sie verschlossen. Allerdings gab es weder Schlüssel noch Schlüsselloch. „Lass mich mal versuchen", sagte Tom und warf sich mit seinem ganzen Gewicht gegen die Tür. Doch die hielt dem Ansturm stand und knarzte nicht einmal. „Dämliches Ding!", fluchte Tom und hielt sich die Schulter.

Da bemerkte Cosmo drei Metallleisten an der Seite der Tür. Sie trugen verschiedene Symbole. Einige davon kannte er aus alten Büchern über Magie, doch die meisten waren ihm völlig fremd.

„Vielleicht funktionieren diese Zeichen wie eine Art Türcode. Wir müssen die richtige Kombination drucken, um in den Schuppen zu kommen", schlug Cosmo vor.

„Das wäre schon ziemlich abgefahren", sagte Tom. „Aber welche Symbole sollen wir nehmen?

WELCHE DREI SYMBOLE MÜSSEN SIE DRÜCKEN?

1

2

3

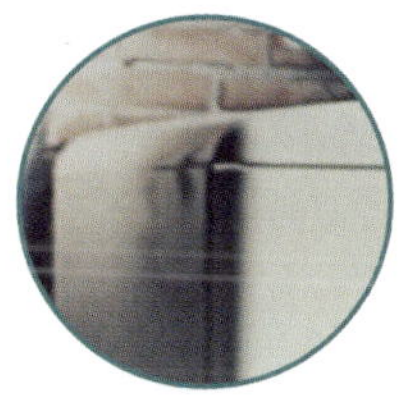

1

2

3

DAS RÄTSEL FINDEST DU AUF DER NÄCHSTEN SEITE →

Welche Symbole müssen sie drücken?

TIPP: Folge dem „Allsehenden"!

Cosmo zauberte aus den Taschen seines Anoraks einen Bleistift hervor, während er die Notiz erneut studierte. Den Stift hatte er immer dabei, um Übungen für die Fingerfertigkeit machen zu können.

Gedankenverloren ließ er ihn auch jetzt geschickt zwischen seinen Fingern hin und her tanzen, was Meyra mit einem bewundernden Blick quittierte. Das schien Tom gar nicht zu gefallen: „Willst du uns jetzt zeigen, was du draufhast, Mini-Magier? Heb dir das für später auf, wenn wir diese Gabel des Weihnachtsmanns gefunden haben." Cosmo und Meyra mussten sich ein Lachen verkneifen. „Gabe meinst du, nicht Gabel", berichtigte Cosmo und begann, alle Tage, die in der Notiz angegeben waren, anzukreuzen.

„Die Kreuze ergeben ein Muster!", rief Meyra. „Die Zahlen 3, 1 und 4!"

Mit dem Code öffnete Tom das Schloss der Falltür. Er hob den schweren Holzdeckel an und es quietschte laut in der Stille der Nacht.

Vorsichtig stiegen sie in die Dunkelheit hinab. Die Strahlen ihrer Taschenlampen tanzten über die Stufen und warfen unheimliche Schatten an die Wände. Die Treppe war viel länger, als sie erwartet hatten. Als sie schließlich das Ende erreicht hatten und sich umsahen, erkannte Cosmo, dass sie nicht in einem einfachen Kellerraum gelandet waren.

Das Gewölbe war groß, mindestens zehn Meter lang und genauso breit. Es enthielt mehrere massive Truhen, alte Schränke und Kommoden mit mysteriösen Artefakten darauf und eine große Kiste, deren Form Cosmo erschreckend stark an einen Sarg erinnerte. Er erschauerte und nahm sich vor, erst einmal die anderen Teile des Gewölbes zu untersuchen.

Eine Wand war komplett mit einem Bücherregal bedeckt. Cosmo zog einen Band heraus. Er war schwer, alt und in dunklem Leder eingebunden. Cosmo hätte schwören können, dass das Buch ihm etwas zuflüsterte. Er sah sich den Titel genauer an: *Necronomicon – Beschwörungsformeln für Dämonen.* Eilig stellte er es wieder zurück ins Regal und rieb sich die kribbelnden Hände an den Hosenbeinen.

„Okay", meinte Meyra, „ich glaube, hier sind wir richtig! Aber woher wissen wir, welcher dieser Gegenstände die Gabe des Weihnachtsmannes ist?" Cosmo zuckte mit den Schultern.

Es blieb ihnen nichts anderes übrig, als das komplette Gewölbe zu durchsuchen. Vielleicht hatte Belmondo auch hier noch mal einen Hinweis versteckt.

Sie öffneten alle Truhen, doch die meisten enthielten nur jede Menge Plunder. In einer fanden sie sogar eine einzelne rote alte Wollsocke, doch nichts, was nach einem großen

Schatz aussah. Sie studierten die Buchrücken, untersuchten seltsame Statuen und funkelnde Steine und rochen an silbernen Fläschchen.

Schließlich hob Meyra sogar den Deckel des unheimlichen Sarges an, doch der war zum Glück leer.

In diesem Moment hörten sie, wie im Stockwerk über ihnen eine Tür ins Schloss fiel.

„Verdammt! Wer ist das?“, fragte Tom, und Angst stand ihm ins Gesicht geschrieben. „Jemand, der nichts Gutes im Schilde führt, wenn er mitten in der Nacht unterwegs ist“, vermutete Cosmo. „Wir müssen uns beeilen! Wenn wir Glück haben, weiß er nichts von dem geheimen Gewölbe und findet uns nicht!“

Da hatte Cosmo eine Idee: Er zog Belmondos Tagebuch aus der Jackentasche und schlug es auf. Schließlich hatte der alte Magier ihnen schon einmal auf diese Weise einen Hinweis zukommen lassen. Und tatsächlich, abermals blätterten die Seiten wie von selbst zu einer ganz bestimmten Stelle.

Cosmo sah ratlos auf den Eintrag: Was sollte diese unordentliche Ansammlung von Buchstaben bloß bedeuten?

WO FINDEN SIE DIE GABE DES WEIHNACHTSMANNES?

1. In einer Truhe
2. Im Bücherregal
3. In einer Flasche

1 2 3

DAS RÄTSEL FINDEST DU AUF DER NÄCHSTEN SEITE →

Wo finden sie die Gabe des Weihnachtsmannes?

TIPP: Wenn du den Zahlen folgst, entdeckst du etwas Verstecktes! Die drei Freunde haben genau so etwas schon in diesem Raum gesehen.

„Das ist eine Rechenaufgabe!", sagte Cosmo. „Wir müssen die Schwerter zählen und sie verdoppeln, also 2 × 4 = 8, und dann die Einmachgläser mit den Weinflaschen multiplizieren, macht 7 × 5 = 35. Und die Dosen brauchen wir nicht, die lassen wir also weg. Ergibt 835!"

Meyra drehte die Rädchen an dem Zahlenschloss, und ein winziger Jubellaut entkam ihrer Kehle, als die Tür mit einem Knarzen aufging. Cosmo blickte in eine riesige, verlassene Eingangshalle. Eine breite Treppe, die in der Mitte mit rotem Samt beschlagen war, führte nach oben in den ersten Stock. An den Wänden hingen große Ölporträts von Menschen, die Cosmo nicht kannte. Die strengen Gesichter schienen ihn mit ihren Blicken zu verfolgen.

Cosmo bemerkte außerdem einen riesigen, prunkvoll geschmückten Weihnachtsbaum in der Mitte des Foyers. „Wenn wir es durch die Halle schaffen, können wir vorne durch die Eingangstür vielleicht wieder heraus", schlug Meyra vor, und gemeinsam schlichen sie an der Wand entlang. Es war totenstill, die einzigen Geräusche waren das Ticken einer alten Standuhr und ihre leisen Schritte auf dem Marmorboden. Sie hatten bereits die Hälfte der Strecke zurückgelegt, als plötzlich ein Knarzen zu hören war.

„Das kam aus dem ersten Stock", flüsterte Cosmo atemlos. Er musste an die dunkle Gestalt denken, die ihn aus dem Fenster beobachtet hatte. „Alle mal ganz still sein!", ermahnte Meyra, und sie verharrten lautlos und lauschten.

Als nach endlosen Sekunden nichts zu hören war, machten sie sich auf Zehenspitzen wieder auf den Weg. Schließlich hatten sie den Raum durchquert. Meyra, an der Spitze, wollte gerade nach der goldenen Türklinke greifen, als sie plötzlich vom grellen Licht eines riesigen Kronleuchters geblendet wurden.

„Was habt ihr hier in meinem Haus zu suchen?", donnerte eine Stimme durch die Halle. Sie klang zwar älter, aber immer noch kräftig und durchdringend.

Cosmo und die anderen sahen hinauf: Am obersten Treppenabsatz stand ein Mann in einem schwarzen Frack mit weißem Hemd und Fliege.

Er starrte sie unbarmherzig an. „Antwortet, oder ich hole sofort die Polizei."

Cosmo wollte etwas sagen, doch es kam kein Ton aus seinem Mund. Der Mann im Anzug kniff die Augen zusammen und sein Blick bohrte sich in Cosmo. „Du, mit dem roten Schal, dich habe ich gestern Nacht schon einmal gesehen, oder nicht?" Die Frage hing in der Luft wie eine Drohung, und Cosmo bekam ganz weiche Knie.

Er schluckte. „Ja, das stimmt. Es tut mir sehr leid. Ich ... wir ... also, wir wollten nicht in Ihr Haus einbrechen!“

„Und wieso habt ihr es dann trotzdem getan?“ Der Mann kam nun die Treppe herunter. Cosmo wich zurück, bis er die kalte Wand in seinem Rücken spürte.

„Uns ist etwas gestohlen worden“, schaltete sich Meyra ein, „der Hauptpreis für unsere Weihnachtstombola in der Schule. Und wir haben einen Hinweis bekommen, dass er in der Hexenv...“, sie unterbrach sich schnell, „in diesem Haus sein soll.“

„So, so ...“ Der Hausherr stand nun direkt vor den dreien und musterte sie. Irgendwie hatte Cosmo das vage Gefühl, dem Mann schon mal begegnet zu sein. „Kommt mit, bei einer heißen Tasse Schokolade und Plätzchen lassen sich solche Angelegenheiten in der Regel besser besprechen, nicht wahr?“

Er führte sie in einen Raum rechts des Eingangs, der sich als Wohnzimmer entpuppte.

„Wartet hier auf mich, ich bin gleich wieder da. Dann könnt ihr mir alles über euer Lebkuchenhaus erzählen“, befahl er und ließ die Kinder allein.

„Komischer Kauz“, meinte Tom und ließ sich auf das grüne Samtsofa fallen. „Aber zu Plätzchen sag ich nicht Nein.“

„Ich weiß nicht“, sagte Cosmo, „irgendwas stimmt hier nicht. Ich würde mich lieber schnell aus dem Staub machen.“

WARUM WILL COSMO SO SCHNELL WIE MÖGLICH WEG?

1. **Weil er Angst vor der Polizei hat**
2. **Weil er weiß, dass noch jemand im Haus sein muss**
3. **Weil der alte Mann mehr weiß, als er zugibt**

1

2

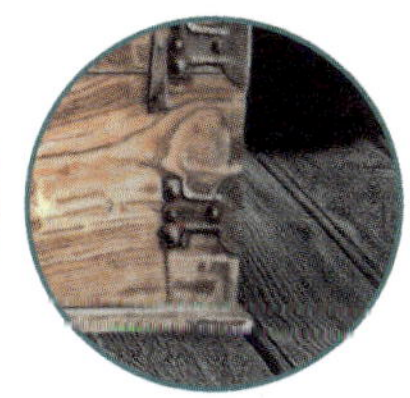

3

DAS RÄTSEL FINDEST DU AUF DER NÄCHSTEN SEITE →

TIPP: Hast du gut aufgepasst? Was hat Belmondo genau zu ihnen gesagt?

FAMOUS
MAGICIAN
THE ART OF MAGIC
GREAT SHOW
THE GREATEST MYSTERY SHOW OF ALL TIME!
GREAT SHOW TONIGHT
THE GREATEST MYSTERY SHOW OF ALL TIME!

Sie stapelten die Kisten nach dem Gewicht sortiert aufeinander also zuerst die braune, dann die blaue, die grüne und ganz oben die schwarze Kiste. Das Konstrukt sah ziemlich instabil aus. Deshalb kletterte Cosmo als erster hoch, um sicherzugehen, dass ihre improvisierte Leiter auch standhielt. Tatsächlich erreichte er das Fenster, drückte das Gitter geräuschlos nach oben und zog sich unter Aufbietung all seiner Kraft in die Freiheit.

Dann kam Tom. „Ich zieh dich von oben raus, falls du es nicht alleine schaffst", rief er Meyra zu.

Als er sich schließlich aus dem Oberlicht stemmte, begann Meyra sofort, die Kisten hochzuklettern. Doch in diesem Moment flog die Tür auf und Mordo und seine Helfer stürmten in die Kammer. Cosmo sah voller Entsetzen von oben, wie ein Mann mit breiten Schultern und brutalem Gesicht nach Meyras Unterschenkel griff.

„Schön hier bleiben, Täubchen! Meister Mordo hat noch ein paar Fragen", sagte der Schlägertyp und zog das Mädchen unsanft auf den Boden.

„Cosmo, Tom, lauft!", rief Meyra zu ihnen hinauf. „Bringt die Gabe in Sicherheit!"

„Von wegen", krächzte ein Mann mit einem Umhang, dessen Gesicht vom Schatten einer Kapuze verdeckt wurde. „Schnappt sie euch!"

Cosmo sah, wie ein weiterer von Mordos Handlangern geschickt den Kistenberg bestieg. So schnell er konnte, rappelte er sich auf und rannte zur Gartenmauer. Tom war ihm bereits einige Schritte voraus. „Mister Copperfield!", rief er keuchend und sah zum Hintereingang, an dem er den Hund gelassen hatte. Doch Copperfield war verschwunden.

„Komm schon!", schrie Tom ihm zu und hielt ihm bereits eine Hand entgegen, um ihm über die Mauer zu helfen. Cosmo blieb nichts anderes übrig, als Meyra und Copperfield zurückzulassen.

Er und Tom rannten durch die Dunkelheit in die nächste Seitenstraße und von dort immer weiter, bis sie schließlich völlig außer Puste vor Cosmos Haus ankamen.

„Verdammt!", keuchte Tom. „Was zur Hölle war das? Und was ist mit Meyra?"

„Ich hab keine Ahnung", stammelte Cosmo, während er versuchte, zu Atem zu kommen. „Aber das ist kein Spaß mehr, der Typ hat Meyra gekidnappt! Wir müssen zur Polizei gehen!" „Bist du sicher?", fragte Tom. „Belmondo meinte doch, dass Meister Mordo Spione bei den Bullen hat."

„Du hast recht", gab Cosmo zu. Es war zum Haareraufen. Was konnten sie bloß tun? Da er keine andere Idee hatte, sagte er schließlich mutlos: „Lass uns mal diese seltsame Socke ansehen, hinter der Mordo her ist. Vielleicht kann sie uns ja irgendwie weiterhelfen."

Gemeinsam schlichen sie in Cosmos Zimmer und betrachteten den alten, roten Wollstrumpf von allen Seiten. „Sieht irgendwie nicht so außergewöhnlich aus", meinte Tom.

Cosmo nickte. Er nahm die Socke in die Hand und zog sie probeweise über seinen Fuß. Mit einem Mal kribbelte es in seiner großen Zehe. Er spürte, wie eine angenehme Wärme in ihm aufstieg, und als er Tom ansah, hörte er dessen Stimme. Doch Tom bewegte seine Lippen dabei gar nicht! Cosmo hörte die Stimme des blonden Jungen direkt in seinem Kopf! „Will der Typ sich jetzt die Füße warm halten? Wir müssen Meyra retten", dachte Tom gerade. Cosmo begriff, welche Macht die unscheinbare Socke ihm verlieh, und riss sie sich schnell wieder vom Fuß.

Tom sah ihn verdutzt an. „Ich weiß, es klingt unglaublich, aber mit dem Ding kann man die Gedanken anderer Leute lesen", erklärte Cosmo und zog erneut das magische Tagebuch hervor. „Mal sehen, ob Belmondo etwas darüber geschrieben hat", murmelte er.

Und tatsächlich, das Buch zeigte ihm einen Eintrag zur Socke. Doch dort stand noch etwas ganz anderes, etwas, das Cosmos Knie weich werden ließ ...

WILLST DU WISSEN, WAS IM TAGEBUCH STEHT?
DANN ÖFFNE SOFORT DIE NÄCHSTE SEITE! →

20. Dezember 2010

In ein paar Tagen steht das Weihnachtsfest vor der Tür. Ich werde in Zeiten wie diesen immer ein wenig melancholisch. Ich denke viel an früher zurück. An den Tag, als alles anfing.

Ich war damals gerade mal zwölf Jahre alt. Meine Eltern hatten nicht viel Geld. Wir waren froh, wenn wir etwas zu essen auf dem Tisch hatten, an Weihnachtsgeschenke wagte ich kaum zu denken. Und doch hatte ich einen sehnlichen Wunsch: Ich hatte schon damals das Ziel, Magier zu werden, und wollte deshalb unbedingt einen Zauberkasten. Die Frustration, die ich fühlte, als an Heiligabend tatsächlich nur ein neues Paar Schuhe unter dem Christbaum lag, war furchtbar. Beinahe noch schlimmer war allerdings der Ausdruck im Gesicht meiner Mutter, als sie sah, wie enttäuscht ich war. Doch da entdeckte ich noch ein weiteres Geschenk unter dem Baum, obwohl ich beinahe sicher war, dass es kurz zuvor noch nicht dort gelegen hatte. Es war in festem, goldenem Papier eingeschlagen und auf der Karte stand: „Vom Weihnachtsmann! Achtung: Benutze es nur während deiner Zauber-Aufführungen und für gute Zwecke, sonst verliert es seine Kraft.“

Ich riss das Päckchen voller Erwartung auf. Aber es war nur ein weiteres Kleidungsstück. Dazu noch ein nutzloses: eine einzelne rote Wollsocke. Wütend lief ich auf mein Zimmer und schleuderte die Socke in eine Schublade. Es sollte einige Tage dauern, bis ich sie auf der Suche nach warmen Strümpfen aus Versehen noch einmal herausfischte und anzog. Sofort kribbelte es in meiner großen Zehe, und ich brauchte nicht lange, um herauszufinden, dass der Weihnachtsmann mir meinen größten Wunsch erfüllt hatte: Ich besaß nun magische Kräfte und konnte die Gedanken anderer Menschen lesen! Ich schwor damals feierlich, dass ich die Gabe des Weihnachtsmannes niemals für egoistische Ziele einsetzen, sondern sie nur während meiner Aufführungen nutzen würde. Und diesem Versprechen bin ich auch immer treu geblieben.

Auch wenn es mir in letzter Zeit zunehmend schwerfällt. Ich vermisse meinen Sohn, vermisse eine Familie.

Zu gern würde ich seine Gedanken lesen und erfahren, was er wirklich fühlt, wie ich mich bei ihm entschuldigen könnte! Für all die Jahre, in denen ich mich nicht um ihn kümmern konnte.

Zuerst, weil ich nur mit meiner Zauberei beschäftigt war, dann nach meinem Ruhestand, weil ich Mordo nicht auf seine Spur bringen wollte, falls er mich jemals ausfindig machen würde.

Ich habe gehört, dass er jetzt sogar einen eigenen Sohn hat. Letztes Jahr ist er geboren, am Weihnachtstag! Also erneut eine Gabe des Weihnachtsmanns, ein Enkel! Und ich habe ihn noch nie gesehen.

Doch damit muss ich mich wohl abfinden. Das ist die Strafe für meinen Eigensinn in früheren Jahren.

Mein eigener Sohn hasst mich. Vermutlich würde er mich verklagen, wenn ich Kontakt zu ihm oder meinem Enkel aufnehmen würde. Schließlich ist er Anwalt.

So bleibt mir nichts anderes übrig, als hier in dieser Villa zu leben und die Magie und die Gabe des Weihnachtsmanns weiter zu schützen.

WAS ENTDECKT COSMO IN DEM TAGEBUCHEINTRAG?

1. **Dass die Socke böse ist**
2. **Dass ihn mit Belmondo mehr verbindet, als er bisher dachte**
3. **Dass Belmondo den Weihnachtsmann ausgetrickst hat**

1

2

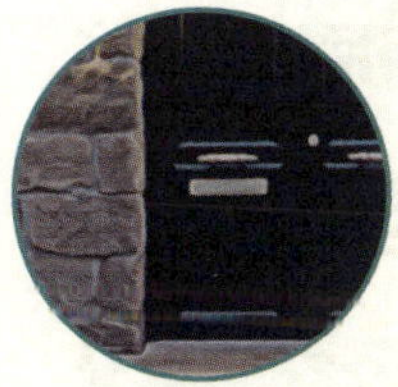

3

DAS RÄTSEL FINDEST DU AUF DER NÄCHSTEN SEITE →

Was entdeckt Cosmo in
dem Tagebucheintrag?

„Ist dir die Stimme von diesem Meister Mordo nicht auch irgendwie bekannt vorgekommen?“, fragte Cosmo Tom. „Ja, absolut! Auch wenn er versucht hat, sie zu verstellen. Und dieser Kapuzenumhang ... Der Typ wollte offensichtlich nicht erkannt werden.“

„Meister Mordo ...“, murmelte Cosmo und schrieb die Buchstaben auf einen Notizblock. Er ordnete sie neu und dann fiel es ihm wie Schuppen von den Augen. Er sah zu Tom. „Die gleichen Buchstaben wie in Timor Dormsee!“ „Du meinst, unser Bürgermeister, mein Onkel, ist dieser fiese Magier?“ Tom blieb der Mund offen stehen. „Verdammt! Ich glaube, du hast recht. Das war seine Stimme!“

„Wer weiß, wie der sich den Bürgermeister-Posten gesichert hat“, grummelte Cosmo. Tom zuckte mit den Schultern und sagte: „Kann schon sein, richtig nett war er jedenfalls nie, wenn er uns besucht hat. Hat meinen Vater immer spüren lassen, dass er was Besseres ist als wir.“ Toms Schultern erschienen Cosmo plötzlich gar nicht mehr so breit.

„Denk mal nach, Tom“, sagte er aufmunternd, „hat dein Onkel vielleicht irgendeinen geheimen Unterschlupf? Eine Zweitwohnung oder so was in der Art, wo er Meyra und Copperfield eingesperrt haben könnte?“

Toms Miene hellte sich auf. „Ja, da gibt es tatsächlich etwas! Er hat einen kleinen Schrebergarten mit Gartenhäuschen. Voll spießig. Der liegt außerhalb der Stadt, da ist im Winter garantiert kein Mensch.“

„Also das ideale Versteck für eine Geisel“, schlussfolgerte Cosmo. „Lass uns sofort hinfahren!“

Um die weite Strecke zurückzulegen, machten sie sich auf ihren Fahrrädern auf den Weg – keine wirklich gute Idee, wie Cosmo mit zusammengebissenen Zähnen feststellte. Auch wenn die Straßen geräumt waren, lag überall noch Schneematsch herum und sie mussten mehr als einmal aufpassen, dass sie nicht wegrutschten. Außerdem froren Cosmos Finger trotz Handschuhen am Lenker steif, doch der Gedanke an Meyra und Mister Copperfield verlieh ihm ungeahnte Kräfte.

Schließlich erblickten sie im Dunkeln mehrere eingezäunte Gartengrundstücke mit verschneiten kleinen Häuschen darauf. „Die da hinten ist es!“ Tom deutete auf eine Hütte am äußersten Rand der Schrebergarten-Anlage.

Sie schlichen durch den Schnee, und an der besagten Hütte angekommen klopfte Cosmo vorsichtig an das kleine Fenster. „Meyra?“, fragte er in die Stille hinein. Ein Rumpeln aus dem Inneren war die Antwort, gefolgt von wütendem Grunzen, das ganz nach ihr klang.

„Meyra, bist du da drin? Hab keine Angst, wir holen dich hier raus!"

Cosmo rüttelte an der hölzernen Eingangstür, doch die bewegte sich keinen Millimeter. Auch Tom versuchte es erfolglos. „Die ist ganz schön stabil", meinte Cosmo. „Das können wir nur schaffen, wenn wir es zusammen versuchen." „Bin dabei!", stimmte Tom zu. „Ich zähle bis drei! Eins ... zwei ... drei!" Gleichzeitig rammten sie mit voller Wucht ihre Schultern gegen die Tür. Und tatsächlich, das Holz konnte ihrer gemeinsamen Kraft nicht standhalten und gab nach. Mit einem Rumms fielen sie übereinander auf den staubigen Boden. Beide mussten lachen. Da entdeckten sie in der Finsternis Meyra, die an einen Stuhl gefesselt und geknebelt war. So schnell sie konnten, befreiten sie ihre Freundin und brachten sie auf den neuesten Stand.

„Aber wo ist Mister Copperfield?", wollte Cosmo wissen. „Den hat dieser Schuft an einem Baum festgebunden. Kommt, ich führe euch hin!", sagte Meyra, bevor sie sich noch mal zu Cosmo umdrehte: „Und danke für die Rettung!" Sie hauchte ihm einen Kuss auf die Wange.

Auch Mister Copperfield freute sich, Cosmo zu sehen. Er bellte und jaulte vor Aufregung. Doch Cosmo bemerkte, dass der Hund mit einer stabilen Kette angebunden war, die durch ein Zahlenschloss gesichert wurde.

WELCHE ZAHLEN ÖFFNEN DAS SCHLOSS?

DU MUSST MULTIPLIZIEREN UND DIVIDIEREN UM DIE ZAHLENREIHE ZU VERVOLLSTÄNDIGEN!

2 8 4 16 8 __ __

1. 32 16
2. 16 84
3. 28 41

1

2

3

DAS RÄTSEL FINDEST DU AUF DER NÄCHSTEN SEITE →

TIPP: Du musst mit vier malnehmen und durch zwei teilen ...

Cosmo sah sich die Bilder auf dem Zettel genau an: Hexe, Engel, Xylophon, Eis, Nüsse, Vampir, Iglu, Lebkuchen, Löwe und ein Adventskranz. Er schrieb alle Anfangsbuchstaben nacheinander auf – und ein Schauer lief ihm über den Rücken. Da stand das Wort HEXENVILLA.

Genau dort sollte das Lebkuchenhaus sein? Wer hatte diese Nachricht geschickt? Und warum genau ihm? Wollte Tom ihm etwa schon wieder einen Streich spielen?

Ehrlich gesagt glaubte Cosmo nicht, dass Tom sich die Arbeit machen würde, so viele Bilder herauszusuchen. Überhaupt sah die Nachricht ganz anders aus als der schmuddelige Zettel von letzter Nacht. Das Papier war dick und roch irgendwie seltsam, alt und geheimnisvoll.

Aber egal. Er würde sich auf keinen Fall noch einmal nachts zur Hexenvilla schleichen. Der Gedanke an die Gestalt, die ihn aus dem Fenster beobachtet hatte, jagte ihm immer noch eine Gänsehaut ein.

Er steckte den Brief schnell in seine Hosentasche und verkroch sich in seinem Zimmer. Nur Mister Copperfield leistete ihm geduldig Gesellschaft und kaute dabei ab und zu an Cosmos alten Stoffsneakern herum. Den ganzen Nachmittag über zermarterte Cosmo sich das Hirn darüber, welchen Trick er bei der Weihnachtsfeier bloß aufführen sollte. Er starrte auf das Plakat an der Wand mit der dunklen Magiersilhouette. „Der Beeindruckende Belmondo – diese Show wird Sie für immer verzaubern!“ Belmondo war einer der besten Zauberer der letzten Jahrzehnte gewesen und Cosmos Vorbild. „Zu schade, dass er nach seiner letzten Vorstellung für immer verschwunden ist“, erklärte Cosmo Mister Copperfield.

Da klopfte es an der Tür und sein Vater trat herein. „Was machst du denn hier oben die ganze Zeit? Ich habe schon dreimal nach dir gerufen. In einer Viertelstunde gibt es Abendessen.“ Er sah auf die Zauberutensilien, die überall im Zimmer verstreut herumlagen und zog die Augenbrauen hoch. „Beschäftigst du dich etwa wieder nur mit diesem Zauber-Quatsch? Du solltest besser Freunde treffen, raus gehen und Spaß haben. Und ein paar Hausaufgaben wären auch nicht schlecht. Sonst wird das nix mit dem Jurastudium.“

„Papa, du weißt ganz genau, dass ich kein Anwalt werden möchte. Es tut mir echt leid, aber irgendjemand anderes wird deine Kanzlei übernehmen müssen. Ich will keine Akten wälzen, ich will die Leute zum Staunen bringen!“

Der Blick seines Vaters verdüsterte sich. „Zauberkünstler ist kein Beruf. Das sind alles Scharlatane. Du wirst etwas Anständiges lernen.“ Cosmo seufzte. Er wusste, wo diese Diskussion enden würde. Sie hatten sie schon sehr oft geführt. Da klingelte es plötzlich an der Tür.

„Kommst du mal runter, Cosmo?", rief seine Mutter von unten. „Du hast Besuch!"

Cosmo fragte sich, wer das um diese Uhrzeit sein konnte. Überrascht sah er, dass Meyra vor seinem Haus stand: „Ich wollte dich nur noch mal fragen, ob du den Schlüssel zum Werkraum wirklich niemandem ausgeliehen hast. Der Hausmeister meinte, dass er seit letztem Freitag gar nicht mehr in der Schule gewesen ist, und meinen Schlüssel hab ich auch nicht aus der Hand gegeben."

Konnte dieser Tag noch schlimmer werden? Dachte sie etwa, dass er etwas mit dem gestohlenen Lebkuchenhaus zu tun hatte? „Nein, nein ...", stotterte er. „Den hab ich die ganze Zeit in meiner Hosentasche." Zum Beweis wollte er den Schlüssel herausziehen, doch dabei fiel ihm der rote Brief aus der Tasche, direkt vor Meyras Füße. Ihre Augen wurden groß, als sie blitzschnell die ersten Wörter entzifferte. „Geht es da etwa um das Lebkuchenhaus?", fragte sie. „Ich denke schon. Aber ich habe keine Ahnung, wer mir diese Nachricht geschickt hat. Und warum. Auf jeden Fall soll ich heute Nacht zur Hexenvilla kommen."

„Und das wolltest du ganz alleine machen?" In Meyras Frage schwang Bewunderung mit. Cosmo schluckte und presste dann hervor: „Na ja, es geht schließlich um die Tombola."

„Ganz schön mutig", stellte Meyra fest. „Ich komme mit und helfe dir! Aber wann genau sollen wir an der Hexenvilla sein?" Cosmo hob den Brief vom Boden auf und entdeckte, dass auch auf der Rückseite etwas geschrieben stand.

WANN SOLL COSMO ZUR HEXENVILLA KOMMEN?

1. **Um halb zwölf**
2. **Um zehn vor zwölf**
3. **Um Mitternacht**

1

2

3

DAS RÄTSEL FINDEST DU AUF DER NÄCHSTEN SEITE →

Wann soll Cosmo zur Hexenvilla kommen?

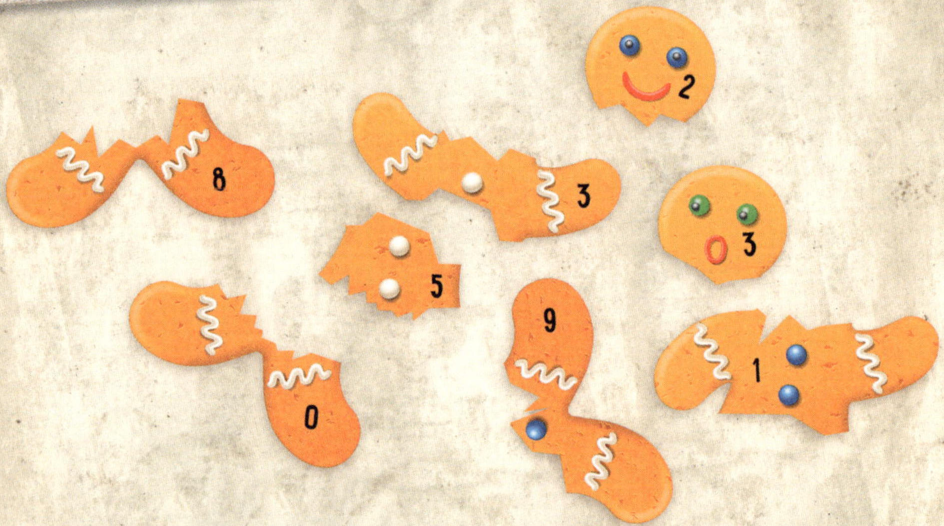

Folge der Lebkuchenspur
von oben nach unten!

„Also, auch wenn ich in Mathe sonst eher der Loser bin, aber kann es sein, dass man immer abwechselnd mal 4 und dann geteilt durch 2 rechnen muss?", erkannte Tom. „Super!", rief Cosmo. „Macht 32 und 16!" Mit steifen Eisfingern löste er das Schloss von Copperfields Kette. Der Hund sprang vor Begeisterung an ihm hoch und schleckte ihm übers Gesicht! „Ist ja gut!", lachte Cosmo und gab Copperfield eine extra große Portion Leckerlis die dieser dankbar verschlang.

„Was machen wir denn jetzt?", fragte Meyra. „Wenn wir mit dieser Geschichte zur Polizei gehen, werden die uns niemals glauben. Immerhin steht das Wort des Bürgermeisters gegen unseres. Außerdem hat er dort Verbündete und wir keinen einzigen Beweis." Meyra blickte in einen der benachbarten Schrebergärten, in dem ein Tannenbaum mit leuchtenden elektrischen Kerzen geschmückt war.

Cosmo dachte nach. Er befühlte erneut den Samtbeutel mit dem zusammengesetzten Zauberstab in seiner Tasche. „Ich habe eine Idee! Heute Nachmittag ist doch das Weihnachtsfest an unserer Schule. Da wollte Bürgermeister Dormsee ja salbungsvolle Worte an die Besucher richten. Das könnte unsere Chance sein! Vorausgesetzt, er taucht vorher nicht hier auf, um seine Geiseln zu kontrollieren."

„Keine Sorge", meinte Meyra, „er hat gestern schon angekündigt, dass er erst am Abend wiederkommt um nach Copperfield und mir zu sehen, weil er vorher wichtige Termine hat." Cosmos Augen funkelten. „Na dann – kommt mit! Wir haben noch einiges vorzubereiten!"
Am nächsten Morgen war sein Vater bereits außer Haus, als Cosmo aufstand. Zum Glück hatten auch die Eltern von Tom und Meyra nichts von ihrem nächtlichen Abenteuer mitbekommen, und so konnten die drei ganz in Ruhe ihren Plan umsetzen.

Es war 15 Uhr, als die Aula der Schule sich langsam zu füllen begann. Die große Weihnachtsshow mit Auftritten verschiedener Schüler, des Schulchors und der Big Band war für 15:30 Uhr geplant. Cosmos Mutter war bereits da und unterhielt sich mit anderen Eltern. Doch von seinem Vater fehlte jede Spur. Cosmos Herz sank ein wenig. Auch wenn er wusste, dass sein Vater nichts von der Zauberei hielt, hätte er doch gedacht, dass er kommen würde.

„Mist, die Leute kaufen zu wenig Lose von unserer Tombola", riss ihn Meyra aus seinen Gedanken. „Kein Wunder, wenn der Hauptpreis fehlt!" Cosmo nickte: „Aber wir hätten das Lebkuchenhaus nicht holen können, es wäre viel zu gefährlich gewesen, noch mal in die Hexenvilla einzusteigen. Los, kommt mit hinter die Bühne, gleich geht es los! Ich habe keine Lust, Meister Mordo in die Arme zu laufen!"

Eine halbe Stunde später begrüßte Schuldirektor Lockner die Gäste und bedankte sich bereits im Voraus für die Spenden. Dann überließ er die Bühne dem Bürgermeister. Timor Dormsee baute sich mit großer Geste und Zahnpasta-Lächeln vor den Zuschauern auf. „Es ist mir eine große Freude, als Schirmherr bei diesem Fest dabei sein zu können! Wir alle wissen schließlich, wie wichtig es ist, anderen Gutes zu tun! Gerade in der Weihnachtszeit!" Er machte eine kurze Pause, bevor er hinzufügte: „In dieser Zeit, in der wir unsere Liebsten und Freunde gerne wiedersehen wollen, da ist es natürlich besonders wichtig, zu tun, was von einem erwartet wird." Cosmo zuckte zusammen. Er wusste, dass diese Nachricht nur ihm gegolten hatte. Es war eine unverhohlene Drohung gewesen, eine Erinnerung daran, was Mordo zu tun bereit war, wenn Cosmo ihm nicht bis zum Abend die Socke überließ.

Er straffte sich. Gleich war er an der Reihe. Noch ein Lied des Schulchors, dann sollte er seinen Zaubertrick aufführen. Plötzlich war Cosmo sich nicht mehr sicher, ob sein Plan funktionieren würde.

Alles kam darauf an, dass er den Zaubertrick fehlerfrei präsentierte. Und genau das war das Problem. Tom hatte schließlich nicht ganz unrecht gehabt, als er gesagt hatte, dass Cosmos Tricks häufiger schiefgingen. Sobald er sie vor Leuten aufführen musste, war er einfach immer zu aufgeregt.

Er wippte nervös mit den Füßen auf und ab und nestelte an seinem roten Schal herum. Da erschien plötzlich das Gesicht seines Vaters hinter der Bühne. Und er war nicht allein. „Belmondo! Äh, ich meine – Großvater!", rief Cosmo überrascht. „Hallo Cosmo", sagte der alte Magier, der immer noch seinen schwarzen Frack mit Fliege trug. „Dein Vater war heute Morgen im Polizeirevier und hat mich aus dieser schrecklichen Zelle herausgeholt. Er scheint wirklich ein sehr guter Anwalt zu sein!" Belmondo lächelte. „Ich konnte doch nicht zulassen, dass dein Opa deinen ersten großen Auftritt als Zauberer verpasst", sagte Cosmos Vater und legte Belmondo eine Hand auf die Schulter.

Cosmo freute sich, doch gleichzeitig spürte er den Druck, der nun wie ein Ziegelstein auf ihm lastete. „Kannst du den Trick nicht für mich vorführen? Es ist sehr wichtig, dass er funktioniert!", fragte er seinen Großvater. Doch der schüttelte den Kopf und flüsterte: „Du hast doch noch meine Socke, oder? Zieh sie an, sie wird dir helfen!"

Mit diesen Worten ließen die beiden Männer Cosmo zurück, um sich neben Cosmos Mutter ins Publikum zu setzen.

ÖFFNE SOFORT DIE NÄCHSTE SEITE! ➜

Dann war es soweit. Die Zuschauer klatschten und Cosmo betrat tapfer die Bühne.

„Sehr geehrte Damen und Herren!", hob er an. „Für meinen Zaubertrick brauche ich einen Freiwilligen aus dem Publikum." Einige Hände hoben sich, doch Cosmo ignorierte sie. „Wie wäre es mit Ihnen, Herr Bürgermeister?", sprach er Dormsee nun direkt an, der in der ersten Reihe saß.

Der Bürgermeister wehrte ab, doch der Applaus des Publikums ließ ihm keine Wahl. Er zwang sich zu einem Lächeln und stieg auf die Bühne. „Was soll das, du kleine Ratte?", zischte er Cosmo zu. Doch Cosmo rollte bereits eine große Kiste neben den Bürgermeister. Er öffnete sie mit einer Klappe, um zu zeigen, dass sie absolut leer war.

Vor den Augen des Publikums verschloss er die Kiste wieder und drehte sie einmal um ihre eigene Achse.

„Moment mal", sagte Dormsee mit lauter Stimme. „Ich kenn mich ein wenig mit Magie aus. Ein wahrer Zauberer würde den Deckel immer noch mit einem Knoten sichern."

Cosmo schluckte. Das Publikum applaudierte abermals und einige riefen im Chor: „Knoten, Knoten, Knoten!" Cosmo blieb nichts anderes übrig, als eines der dicken Seile aus seinem Zauberkoffer zu ziehen. Das hatte er nicht eingeplant.

Er durfte jetzt keinen Fehler machen. Wie ging noch mal der Knoten, der sich danach von selbst löste? Seine Finger zitterten. Er nestelte an dem Seil herum, doch es flutschte ihm durch die Finger und fiel auf den Boden.

Er hörte Gekicher aus dem Publikum und Hitze schoss ihm ins Gesicht. Bürgermeister Dormsee beobachtete ihn mit einem grimmigen Grinsen.

Warum brachte die Socke ihm keine Superkräfte oder zumindest zusätzliche Geschicklichkeit? Hatte sein Großvater nicht so etwas angedeutet? Er suchte in der Menge der Gesichter nach Belmondo. Er entdeckte ihn neben seinem Vater und seiner Mutter, etwas seitlich in der dritten Reihe.

Und als er seinen Vater ansah, konnte er plötzlich dessen Gedanken hören: „Auch wenn Zauberei niemals meine Leidenschaft sein wird, es ist toll, wie Cosmo so ganz allein auf dieser riesigen Bühne seinen Traum verfolgt und sich für die Wahrheit und das Gute einsetzt. Gegen diesen Mordo und seine kriminellen Helfer. Einen tolleren Sohn kann man sich nicht wünschen."

Er spürte ein warmes Gefühl in der Brust und mit einem Male erinnerte er sich ganz genau, wie der magische Knoten funktionierte.

WELCHES DER SEILE WIRD SICH NICHT VERKNOTEN, WENN MAN AN DEN ENDEN ZIEHT?

1

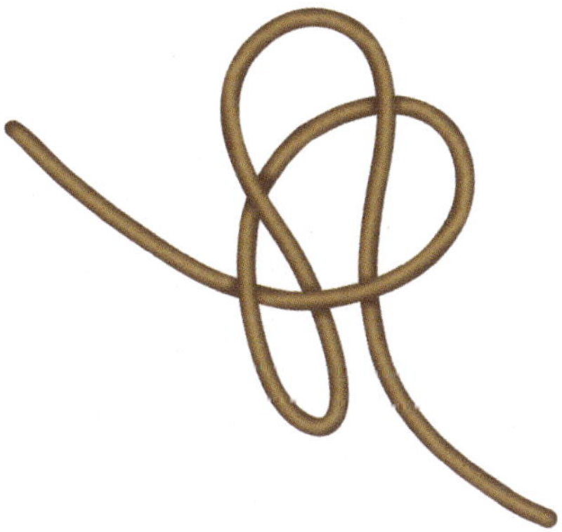

2

3

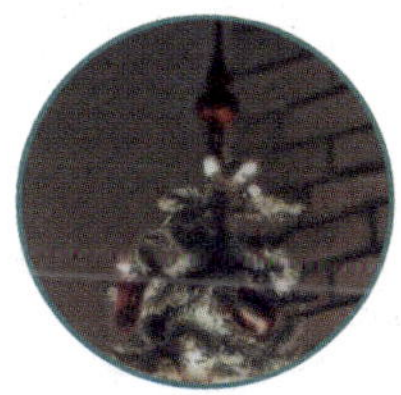

1

2

3

DAS RÄTSEL FINDEST DU AUCH AUF DER NÄCHSTEN SEITE →

Welches der Seile wird sich nicht verknoten, wenn man an den Enden zieht?

1

3

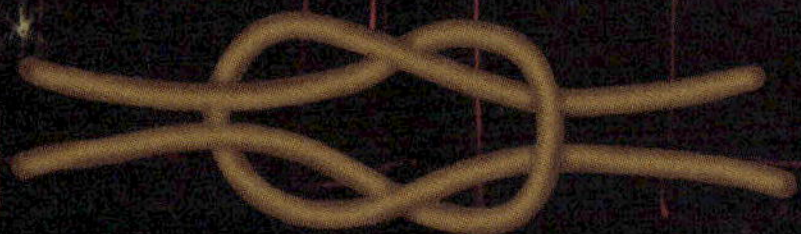

2

Mit dem Wissen, dass seine Familie hinter ihm stand, zog Cosmo den magischen Knoten fest, indem er darauf achtete, oben eine Schlaufe heraushängen zu lassen, drehte die Kiste noch einmal und schwang dann in großen Kreisen den Zauberstab, den er von seinem Großvater bekommen hatte.

„Abrakadabra, die Kiste war leer! Ist das die Wahrheit oder stimmt das nicht mehr? … Herr Bürgermeister? Dürfte ich Sie bitten, die Box zu öffnen?“

Dormsee trat mit säuerlicher Miene heran. Als er den Deckel anhob, sprangen ihm Meyra und Mister Copperfield entgegen.

„Was? Aber … aber das gibt es doch nicht!“, rief Dormsee. „Ihr müsstet doch noch in meinem Gartenhäuschen sein. Schließlich habe ich euch gefesselt und angebunden!“ Im Raum wurde es plötzlich mucksmäuschenstill. Alle starrten den Bürgermeister an, dem langsam dämmerte, dass er sich verraten hatte.

Mit einer Geschwindigkeit, die Cosmo ihm nicht zugetraut hätte, sprang Dormsee von der Bühne und rannte in Richtung Ausgang. „Er will abhauen!“, rief Meyra. Mister Copperfield setzte ihm sofort nach und biss ihm in den Hosenboden. „Weg mit dir, du dämlicher Köter!“, rief Dormsee, schüttelte den Hund ab und lief zur Tür. Doch dort stand Tom und versperrte seinem Onkel den Fluchtweg.

„Schön hierbleiben, Onkelchen! Oder sollte ich besser Meister Mordo sagen?“

Es gelang Tom nur mit Mühe, seinen Onkel festzuhalten, als plötzlich zwei Polizisten aus dem Hintergrund näherkamen. „Endlich! Und nehmen Sie gefälligst den Besitzer dieses Köters fest“, konnte Dormsee noch sagen, als plötzlich zu seiner großen Überraschung die Handschellen auf seinem Rücken klickten. Der Besitzer des „Köters“, Cosmos Vater, war bereits da und nickte den beiden Beamten anerkennend zu. Der größere der beiden sagte zielgerichtet zu Cosmos Vater: „Wir konnten alle Ihre Angaben überprüfen. Alles korrekt! Wir haben noch weitere Delikte wie Diebstahl, Urkundenfälschung und Betrug recherchieren können, mit denen sich der werte Herr Bürgermeister seinen Posten erschlichen hat. Und seit heute kommt auch noch Kindesentführung und Freiheitsberaubung auf die lange Liste.“

Man hätte eine Stecknadel in der Schulaula fallen hören können, doch dann setzte ein Raunen ein, begleitet von wütenden Rufen. Als insbesondere aus den Mündern einiger Schüler auch das Wort „Lebkuchenhaus-Dieb“ fiel, stand Belmondo von seinem Platz auf und sagte laut: „Mordo hat tatsächlich all diese schrecklichen Verbrechen begangen, aber das Lebkuchenhaus habe ICH entwendet.

Ich wusste, dass ich damit meinen Enkel zu mir führen konnte, und ich brauchte dringend seine Hilfe." Murmeln erhob sich. Meyra sah Cosmo fragend an, doch da fuhr Belmondo schon fort: „Aber ich habe natürlich für Ersatz gesorgt!" Er schnipste mit den Fingern und wie von Zauberhand setzte ein Scheinwerfer etwas auf der Bühne ins Licht. Es war jedoch kein Lebkuchenhaus, das dort stand, sondern eine ganze Lebkuchenstadt! Aus dem Publikum waren bewundernde Laute zu vernehmen.

„Wo hast du das her?", fragte Cosmo seinen Großvater, doch der lächelte nur und sagte: „Magie, mein Junge, Magie ..."

Da beugte sich sein Papa zu ihnen hinüber. „Ich weiß ja nicht, was du vorhast, Vater, aber wir würden uns freuen, wenn du Weihnachten dieses Jahr mit uns feiern würdest", schlug er Belmondo vor.

Meyra boxte Cosmo in die Seite und flüsterte: „Scheint ja ein echtes Weihnachtswunder zu geben."

Cosmo grinste: „Könnte sein. Aber ein wahres Wunder wäre es nur, wenn ich tatsächlich auch mal mit Freunden an meinem Geburtstag feiern könnte. Aber das geht natürlich nicht, wenn man an DEM Familienfest des Jahres geboren ist ..." „Also, ich könnte kommen", unterbrach ihn Meyra.

„Meine Familie kommt aus der Türkei, deshalb feiern wir bei uns zu Hause statt Weihnachten das Neujahrsfest, und da gibt es die Geschenke erst am 31. 12. Also ... ich meine ... natürlich nur, wenn du mich einlädst." Cosmo fühlte ein warmes Gefühl in seiner Brust. Dieses Weihnachten würde das beste Weihnachten aller Zeiten werden!

FROHE WEIHNACHTEN! ÖFFNE DIE LETZTE SEITE! →

Pfälzer Rundschau

24. Dezember 2022

STRAHLENDE AUGEN UND PEINLICHE GESTÄNDNISSE

Das diesjährige Weihnachtsfest der Schule hat nicht nur für einen waschechten Skandal gesorgt, sondern auch für strahlende Kinderaugen. Noch nie konnten so viele Spendengelder eingesammelt werden wie in diesem Jahr. Mit dem Geld wurden die Wünsche unzähliger Kinder erfüllt, die sonst zu Weihnachten gar nichts bekommen hätten.

Nicht ganz so glücklich dürfte Timor Dormsee sein. Nach dem Geständnis, das der ehemalige Bürgermeister unfreiwillig während der Weihnachtsshow abgelegt hatte, wurde er von der Polizei festgenommen. Mittlerweile wird in mehreren Fällen von Betrug gegen ihn ermittelt. Sogar ein Juwelendiebstahl wird Dormsee angelastetet. Auch wenn dieser inzwischen verjährt ist, konnten zumindest große Teile des damaligen Diebesguts dem Opfer zurückgegeben werden.

Dormsee wurde von allen seinen bürgermeisterlichen Pflichten entbunden und wartet nun auf den Gerichtsprozess.

Pfälzer Rundschau

12. März 2023

BELIEVE IN MAGIC STÜRMT DIE YOUTUBE-CHARTS

Innerhalb kürzester Zeit wurde der Youtube-Kanal „Believe in Magic" des Beeindruckenden Belmondo und seines Enkels Cosmo zu einem absoluten Internet-Hit. Cosmo und Belmondo nehmen dort ihre unzähligen Follower jede Woche mit auf eine Reise in die Welt der Illusionen.

„Ich habe meinem Enkel so viel zu verdanken", erklärt der alte Magier, der noch vor wenigen Monaten vor dem finanziellen Ruin stand. So konnte er die alte Villa, in der er wohnt, seinerzeit nur halten, weil sein Sohn, Cosmos Vater, ihm ein Darlehen gab. Doch mittlerweile dürfte Belmondo diesen Betrag längst zurückgezahlt haben. Mit den Einnahmen des Youtube-Kanals konnte der frühere Pensionär seine Schulden tilgen und das Haus abbezahlen.

Der dreizehnjährige Cosmo wurde übrigens erst kürzlich zum jüngsten Mitglied des magischen Zirkels ernannt.

Impressum

Idee, Text und Konzept
Eva Eich

Zeichnungen
Toni Hamm, www.tonihamm.com

Bildnachweis
Cover: Shutterstock.com / Oliver Denker; VictoriaMay; Professional Fine Art; Hein Nouwens; Sergej Razvodovskij
Hintergründe Innenteil: Shutterstock.com / donatas1205; Kristina Stasiuliene; Kim Diaz; Zwiebackesser; Dm_Cherry; jocic; DG Stock; chrisbrignell; FOTOKITA; Lvivjanochka Photo; alexlibris; Golden Shrimp; StockSmartStart; Undrey; Pooretat moonsana; michelaubryphoto; gresei; sockagphoto; New Africa; Eky Studio; Veronika Migulina; Andrew Krasovitckii; rustamank; Kovalova Marharyta; In Art; sewonboy; Yesaulov Vadym; Dzm1try; Kanate; Sudowoodo; vectorlight; Zaur Rahimov; Nazarii M; Prostock-studio; jantsarik; lukeruk; Douglas Cliff; Gary L Hider; grey_and; Vadym Lavra; Oksana. Bondar; ShapikMedia; Nina Buday; Rocksweeper; Valente Romero; Yurii Romanchuk; Andrey_Popov; tomertu; Tunatura; Dream Expander; Christoph Blumbach; txking; Elena Kharichkina; alexlibris; Gemenacom; Sensay; Mikhail Turov; Leigh Prather; Casezy idea; Andrey_Nikitin; Dark Moon Pictures; Hadrian; Peyker; exopixel; sittimaiku; Nikuwka; Alhim; EkaterinaSid; Steve Calen Photo; Spiroview Inc; Dom Ernest L Gomez; Artiste2d3d; AlexandrMakedonskiy; Pavel Talashov; Oliver Denker; Zonda; AlexZaitsev; bxTT; Konstantin Remizov; Rayna; Polarpx; A-R-T; M. Unal Ozmen; mervas; Polarpx; theodore popov; Berg Dmitry; sebra; Ev. Safronov; rawf8; tomertu; Flas100; PrimeMockup; alphaspirit.it; Pinkystock; Kozlik; doroninanatalie4; Raggedstone; Pshevlotskyy Oleksandr; ZephyrMedia; Tr1sha; irisdesign; Matthew Troke; Bildagentur Zoonar GmbH; Baloncici; Freaktography; Graffitimi; photogl; Alexander Sorokopud; ShapikMedia; leonartphoto; 1take1shot; Christoph Blumbach; txking; Africa Studio; bluefish_ds; Alsu Kanyusheva; NeilSaxon; Mike Hoeri; Billion Photos; sondem; mady70; Jose Miguel Sanchez; Digitalphaser; Dimitrios P; Evgrafova Svetlana; KlavdiyaV; CLS Digital Arts; Spiroview Inc; David Papazian; studiovin; Aleksandr Petrunovskyi

Cover- und Innengestaltung: Marielle Enders, www.itsme-design.de

ISBN 978-3-8458-4918-8
www.arsedition.de

MIX
Papier aus verantwortungsvollen Quellen
FSC® C002795
www.fsc.org